Rick Vilain   Gayliebter Eros

AF210122

Rick Vilain ist das Pseudonym eines Mannes, der
mit dem Schreiben von Gay-Erotik seine Wünsche, Träume und Erfahrungen verbindet. Dabei
kommen anregende Reisen in die Welt der eroti-
schen Sinnlichkeit heraus, wie sie nur zwischen
Männern entstehen können.

Rick Vilain

Gayliebter Eros

Gayschichten aus meinem Leben

Verlag: BoD · Books on Demand GmbH,

In de Tarpen 42, 22848 Norderstedt, bod@bod.de

Druck: Libri Plureos GmbH, Friedensallee 273,

22763 Hamburg

Printed in Germany

ISBN 978-3-7693-0146-5

Inhaltsverzeichnis

Vorwort

Jeder Mensch sucht nach Liebe und Zuneigung. Leider ist die Sexualität eine eigenwillige Natur, was sie zuweilen zu einer komplizierten Angelegenheit werden lässt: Während Heterosexuelle keine Probleme mit dem Flirten haben, muss man als homosexueller Mensch aufpassen, wem man seine Gefühle offenbart. Nicht immer sind die Reaktionen freundlich, und manche Angesprochenen werden auch schnell handgreiflich.

Die Schwierigkeiten bei der Suche nach dem Traummann habe ich zur Genüge kennengelernt. Die in diesem Buch enthaltenen Texte sind Schlaglichter auf meine persönliche Entwicklung – die sicher kein Einzelfall ist. Aber ungeachtet aller Schwierigkeiten gab es auch viele schöne Momente, von denen meine Texte ebenfalls berichten.

Ich wünsche allen Lesern schöne Stunden bei der Lektüre der Geschichten aus meinem Leben.

Herzliche Grüße
Rick Vilain

Die Entdeckung meiner Sexualität

Wie bei jedem Menschen erwachte auch bei mir in der Pubertät die Lust und ich nahm meine Sexualität erstmals bewusst wahr. Schnell stellte sich jedoch heraus, dass sie bei mir anders als bei meinen Mitschülern war: Während die sich immer intensiver für die jungen Frauen und deren weibliche Merkmale interessierten und dadurch Lustgefühle entwickelten, verspürte ich beim Anblick von Busen oder weiblichen Körpern keinerlei Regung. Deshalb hatte ich auch nicht das Bedürfnis, zwischen ihre Beine zu gelangen und mit ihnen intim zu werden. Das hatte natürlich die unangenehme Folge, dass ich bei den Schulhofgesprächen nicht mitreden konnte. Eigentlich, denn um mir keine Blöße zu geben, tat ich es dennoch. Um den Schein zu wahren, warf ich immer wieder Bemerkungen ein und lobte mal ein pralles Hinterteil, ein anders Mal einen üppigen Busen oder behauptete, dass mich ein bestimmtes Mädchen ganz scharf machen würde. Das hielt ich von der zehnten bis zur zwölften Klasse durch.

Tatsächlich interessierten mich die Mädchen oder besser jungen Frauen, denn das waren sie zu dem Zeitpunkt ja bereits, nicht im Geringsten. Meine Mitschüler interessierten sich dagegen sehr für die Weiblichkeit, während mich an ihnen bestenfalls ihre hübsche Kleidung interessierte. Das behielt ich aber lieber für mich. Noch mehr begeisterte ich mich allerdings für einen Lehrer, was natürlich doppelt problematisch war: Zum einen durfte ich keine Sympathien für einen Lehrer äußern, weil diese für uns Schüler wegen der Benotungen und dem Drängen nach Leistung sehr unbeliebte Menschen waren. Zum anderen wäre ein Lehrer-Schüler-Verhältnis auch rechtlich überaus problematisch gewesen, was mir damals jedoch nicht bewusst war. Zudem spürte ich instinktiv, dass ich als junger Mann keinen männlichen Lehrer anhimmeln durfte, weil sich das ‚nicht gehörte‘ – meine weiblichen Mitschüler konnten das dagegen schon, weshalb sie klar im Vorteil waren. Ich steckte also in einem Dilemma.

Irgendwann stellte ich fest, dass die Gedanken an Herrn B. große Hitze in meinem Schritt entfachten und mein Glied sich sehr schnell versteifte. Kurz nach meinem achtzehnten Geburtstag konnte ich die Hitze nicht mehr aushalten. Obwohl ich wusste, dass man das nicht machte, holte ich meinen Speer aus der Hose und rieb ihn kräftig. Es dauerte nicht lange, und es schoss heißer Samen daraus hervor – ich hatte meinen ersten Höhepunkt, und den während ich an Herrn B. dachte!

Dieser Vorgang wiederholte sich danach recht oft, denn mein Lehrer ging mir einfach nicht aus dem Kopf. Allerdings merkte ich recht schnell, dass mein Penis auch beim Anblick von bestimmten Männertypen rasch wuchs und es dann in meiner Hose teilweise unangenehm eng wurde. Das passierte selbst dann, wenn die Männer wildfremde Personen waren, die mir beispielsweise auf der Straße begegneten. Sobald ich dann zu Hause war, holte ich rasch meinen Penis heraus und spielte an mir herum, bis es mir kam. Dabei wünschte ich mir natürlich die Nähe des jeweiligen Mannes, aber da ich niemanden anzusprechen oder von meiner Neigung zu erzählten traute, blieb es beim reinen Stillen der Lust in meinem Zimmer.

Im Laufe der Zeit konnte ich den Reiz, den bestimmte Männer auf mich ausübten, näher eingrenzen. So reagierte ich auf den Anblick von süßen Männern mit romantischer Ader weniger als auf selbstbewusste, beinahe schon dominant auftretende Kerle. Vielleicht kam das daher, dass ich in der Männerliebe vollkommen unbedarft war und unbewusst davon ausging, dass mich selbstbewusste Typen anleiten würden. Diese Vermutung traf ganz besonders dann zu, wenn es einen Altersunterschied gab: Männer, die rund zwanzig Jahre älter als ich waren, zogen meine Aufmerksamkeit geradezu magisch an! In meinen Träumen stellte ich mir vor, wie sie mich einerseits zärtlich, aber dennoch konsequent in die gleichgeschlechtliche Liebe einführen und mich wild und heiß nehmen würden. In dieser Zeit spielte ich viel an mir herum und kam gewöhnlich zweimal, manchmal auch dreimal am Tag.

Mein offensichtliches Faible für ältere, selbstbewusste Männer hatte immerhin den Vorteil, dass mich meine Mitschüler nicht interessierten. Gerade nach dem Sportunterricht wurde ja nackt geduscht, und da wäre eine Erektion mehr als peinlich gewesen – mit Sicherheit hätte es mir Hohn und Spott eingebracht, vielleicht sogar Prügel. Mein Faible für ältere Herren schien insoweit eine hilfreiche Wirkung zu entfalten.

Die Schulzeit schritt voran, und es standen schließlich die Abiturprüfungen an. Das Lernen für die Klausuren und schließlich für die Prüfungen beherrschte mein Leben, sodass nicht viel

Zeit für erotische Träume blieb. Dennoch wollte ich auch die große Liebe kennenlernen, von der meine Mitschüler so schwärmten. Zwischenzeitlich hatten fast alle eine feste Freundin, nachdem sie zuvor mit mehreren anderen jungen Frauen angebandelt hatten. Um nicht ganz abseits zu stehen, war ich mit siebzehn Jahren ebenfalls eine Beziehung zu einer Klassenkameradin eingegangen, ohne jedoch echte Lustgefühle während unserer gemeinsamen Treffen zu empfinden. Ich mochte und schätzte sie als gute Kameradin und hätte gerne auf eine tiefergehende Beziehung verzichtet, aber da alle ringsumher mit ihren Freundinnen Küsse austauschten und mit ihnen ins Bett gingen, konnte ich unmöglich abseits stehen ohne aufzufallen. Also machte ich widerwillig mit, um den Schein aufrechtzuerhalten.

Es den anderen nachzumachen, war anfangs relativ leicht, da wir uns zu Beginn der Beziehung nur küssten. Da sie zuvor bereits einen Freund gehabt hatte, konnte sie mir diesbezüglich viel beibringen, denn leidenschaftliche Küsse oder gar Zungenküsse kannte ich bis dahin nur vom Hörensagen. Als wir dann zusammen ins Bett gingen, war sie mir auch beim Sex haushoch überlegen, aber da ich auf Männer stand, waren die Erfahrungen mit ihr für die Weiterentwicklung meiner Sexualität nicht besonders hilfreich. Da ich wegen meiner sexuellen Neigung zudem Probleme hatte, bei ihr eine Erektion zu bekommen, kam es sehr schnell zum Streit, der sich ziemlich häufig wiederholte. Um die Wogen zu glätten und für mich nützliche Erfahrungen zu sammeln, schlug ich daher eines Tages Analsex vor. Das war ein Fehler, denn erst bekam ich eine saftige Ohrfeige und anschließend musste ich eine heftige Schimpfkanonade über mich ergehen lassen. Am Ende beschimpfte sie mich wüst als ‚Perversling'. Schließlich raffte sie ihre Sachen zusammen und ging schimpfend weg – nicht, ohne mir noch eine zweite Ohrfeige verpasst zu haben. Gleich danach musste sie ihre beste Freundin angerufen und ihr von meinem Wunsch berichtet haben. Das hatte wohl eine Telefonkette ausgelöst, denn bereits am anderen Morgen wusste fast alle in meiner Klasse über meinen Vorschlag Bescheid. Allerdings fielen die Reaktionen unterschiedlich aus: Die jungen Frauen in meiner Klasse rümpften die Nase und beschimpften mich als ‚Schwein', während mich die männlichen Mitschüler für ‚total cool' und

‚supermutig' hielten. Sie selber hatten auch schon Analsex in Erwägung gezogen und hätten es gerne ausprobiert, aber keiner hatte sich bislang getraut, das seiner jeweiligen Freundin vorzuschlagen. Nachdem sie nun aber gesehen hatten, wie negativ die Reaktionen der Frauen auf meinen Vorstoß ausfielen, unterließen sie es bei ihren Freudinnen auch weiterhin.

Nachdem ich endlich achtzehn Jahre alt geworden war, konnte ich in alle Bars gehen. Natürlich war ich davor und danach häufig mit meinen Mitschülern unterwegs, aber das waren Etablissements, in die man mit siebzehn Jahren hineinkam. Nun, da uns alle Möglichkeiten offen standen, lehnte ich immer öfter gemeinsame Unternehmungen mit dem Hinweis auf ein Date ab. Natürlich hatte ich keine Verabredung, aber ich brauchte einen Vorwand, um alleine losziehen zu können.

Einige Wochen, bevor ich loszog, hatte ich ganz diskret Erkundigungen eingeholt, wo es in der näheren Umgebung Treffpunkte von Homosexuellen gab. Da keiner offen über das Thema sprach, musste ich überaus vorsichtig und diskret vorgehen. Die ganze Angelegenheit war mit mehr Schwierigkeiten als vermutet verbunden. Letztlich zahlte sich meine Beharrlichkeit aber aus! Ich kannte nun ein paar Orte, an denen ich Gleichgesinnte treffen konnte.

Bei meinen Streifzügen suchte ich nacheinander die genannten Treffpunkte auf und sah sie mir aus sicherer Entfernung an. Am liebsten wäre ich hingegangen und hätte mich dazugesellt, aber eine innere Hemmschwelle hielt mich davon ab. Ganz besonders die Treffpunkte an öffentlichen Orten bereiteten mir Sorge, denn es war ja nicht auszuschließen, dass mich jemand zufällig dort sehen würde. Dafür hatte es mir eine Bar sehr angetan, denn nach dem Hörensagen sollten darin ausschließlich schwule Männer verkehren. Falls dem so war, bestand für mich das Risiko nur beim Hinein- und Hinausgehen. Treffpunkte mit noch geringerem Risiko gab es sicher nicht, weshalb diese Bar schließlich in meinem Fokus stand.

Eines Abends machte ich mich auf den Weg, um die Bar zu betreten und mich dort umzusehen. Je näher ich ihr allerdings kam, umso mehr sank mein Mut, bis er schließlich ganz verschwunden war. Ich machte hundert Meter vor dem Eingang kehrt. Um zu Hause den Fragen wegen meines überraschend frühen Heimkommens aus dem Weg zu gehen, trieb ich mich in der Stadt herum. Unmerklich hatten mich meine Schritte zu einem noch geöffneten Sexshop geführt, aber wieder hielt mich eine übergroße Scham ab, das Geschäft zu betreten. Von meinen Mitschülern, die ja inzwischen auch alle volljährig geworden waren, wusste ich, dass sie schon oft in solchen Läden gewesen waren, um sich Anregungen für Sexspiele und Stellungen zu holen. Aber die suchten ja auch nach Heften, wo es Männer mit Frauen trieben, während ich etwas ganz anderes suchen würde. Das machte die Sache für mich komplizierter – nicht auszudenken, wenn ich an der Kasse ein Heft mit Männersex kaufen wollte und plötzlich ein Klassenkamerad hinter mir stehen würde!

Dennoch ließ weder das Interesse, in einem Sexshop nach bildlichen Anregungen zu suchen, noch der Wunsch nach Betreten der Schwulenbar nach. Ganz im Gegenteil, beide wuchsen immer weiter an, sodass ich weitere Versuche unternahm. Am risikoärmsten erschien mir schließlich ein Barbesuch, sodass dem ersten Versuch weitere folgten. Zunächst aber ohne Erfolg, sodass ich erneut mehrmals scheiterte. Immerhin kam ich meinem Ziel immer näher und stand sogar zweimal vor dem Eingang, bevor mich Scham und Angst vor dem Neuland doch wieder rasch weitergehen ließen.

Eines Abends aber nahm ich meinen ganzen Mut zusammen und wagte den Schritt durch die Tür. Im Inneren sah es auf den ersten Blick aus wie in jedem anderen Lokal, nur dass manche Männer des ausschließlich männlichen Publikums für damalige Zeiten gewagte Kleidung trugen. Bei genauerem Hinsehen konnte man sehen, dass manche miteinander Händchen hielten oder sich teils verstohlen, teils ganz offen küssten. Ich fühlte mich in einer neuen Welt – und angekommen!

Meine Blicke schweiften durch den Raum und ich sah viele Männer, die ich in meinem Überschwang sofort begehrte. Meine Hose wurde rasch sehr eng, als ich mich durch die Reihen der Gäste zur Theke schob.

„Was willst du trinken?", fragte mich der Barkeeper, ein Hüne von Kerl mit kräftigen Muskelbergen.

„Äh – eine Cola, bitte", stammelte ich. In dieser mir vollkommen neuen Umgebung traute ich mich nicht, Alkohol zu trinken – ich wollte einen klaren

Kopf behalten und alles einfach nur beobachten und auf mich wirken lassen.

Der Barkeeper musterte mich.

„Eine Cola? Kein Bier?"

„Nein danke, eine Cola reicht."

Während er ein Glas befüllte, meinte er: „Hm, ich habe dich hier noch nie gesehen. Bist du neu?"

Ich nickte und spürte, wie ich rot wurde. Hoffentlich konnte man das bei den Lichtverhältnissen nicht sehen.

„Warst du schon mal in einer Bar wie dieser?"

„Ich war schon öfter in Bars."

„Ich meine, ob du schon einmal in einer Schwulenbar gewesen bist! Denn das hier ist eine Schwulenbar – wenn du also hetero bist und dich verlaufen hast, solltest du besser gehen."

„N – nein, ich weiß, was das für eine Bar ist", presste ich mühsam hervor. Mein Kopf musste inzwischen vor Scham glühen wie ein rotes Ampellicht.

„Hast du einen Freund?"

Diese wie selbstverständlich gestellte Frage löste bei mir Erstaunen aus. Natürlich wusste ich, dass meine heterosexuellen Klassenkameraden oft diese Frage in Bezug auf eine Freundin stellten, aber bei Homosexuellen hätte ich diese Normalität nicht erwartet. Warum ich nicht damit gerechnet hatte, konnte ich mir nicht erklären – wahrscheinlich war ich einfach zu unbedarft und hatte meine großen Schamgefühle auf alle anderen übertragen.

Als ich merkte, dass mich der Barkeeper beobachtete, erinnerte ich mich an seine Frage.

„Nein, ich habe keinen Freund."

„Hattest du schon einen?"

Ich atmete tief durch, bevor ich gestand: „Nein."

Er musterte mich ungeniert.

„Du scheinst der romantische Typ zu sein, kein Draufgänger."

„Es – es ist alles neu für mich", gestand ich.

„Dann gebe ich dir einen guten Rat: Pass auf, mit wem du dich einlässt und geh nicht mit dem erstbesten Kerl mit! Die meisten meiner Gäste sind sehr nett, aber manche von denen wollen einfach nur ficken und suchen einen One-Night-Stand. Ganz besonders auf neue Gesichter haben sie es abgesehen, und wenn derjenige auch noch so jung ist wie du, kennen sie kein Halten mehr. Also pass gut auf!"

„Da – danke für den Tipp! Ich möchte – möchte bloß schauen, was hier los ist. Ich bin nicht hier, um mit jemanden ins – ins Bett zu gehen."

„Wie gesagt: Pass auf dich auf! Die Männer beobachten dich schon die ganze Zeit, und sobald du dich von mir abwendest, werden die ersten Angebote kommen!"

Tatsächlich wurde ich kurz darauf von einem netten älteren Herrn angesprochen. Vom Alter her entsprach er meinen Vorstellungen, aber sein Äußeres und sein extremes Süßholzgeraspel behagten mir nicht. Immerhin bekam ich auf diese Weise heraus, dass sich hier alle duzten, auch wenn sie sich nicht näher kannten.

Ohne unhöflich zu sein, beendete ich das Gespräch: „Es war nett, mit dir zu plaudern, aber ich möchte mich noch weiter umsehen." Das stimmte zwar nicht, denn am liebsten hätte ich alles von meinem Platz aus weiter beobachtet, aber anders konnte ich den netten Mann nicht loswerden.

Gezwungenermaßen erhob ich mich vom Barhocker und schlenderte ziellos durch die Bar. Dabei warf ich verstohlene Blicke nach links und rechts und saugte die Atmosphäre in mich auf.

Während meines Ganges durch die Bar spürte ich geradezu die Blicke auf meinem Körper, die mich auszuziehen schienen. Viele Männer lächelten mir zu, manche formten einen Kussmund – und zweimal wurde ich in den Po gekniffen! Gerade letzteres war für mich eine völlig neue Erfahrung! Das kam für mich absolut überraschend, aber ich empfand das in keiner Weise unangenehm. Ganz im Gegenteil – ich fühlte mich sehr geschmeichelt!

In den Wochen nach dem Abitur und bis zu meinem Studienbeginn verkehrte ich immer öfter in der Bar. Es entwickelten sich sehr nette Gespräche und ich wurde so angenommen, wie ich war. Bei den Besuchen empfand ich ein unglaubliches Glücksgefühl!

Im Laufe der Zeit kam ich mit immer mehr Männern ins Gespräch. Dabei erhielt ich viele eindeutige Angebote, die ich aber höflich ablehnte. Wohl als Entschädigung für das Ausschlagen des Angebotes streichelte mir mancher den Po oder kniff herzhaft hinein, während andere meine Oberschenkel anfassten und dabei ihre Hand auch in meinen Schritt gleiten ließen. Ich duldete das, denn es schmeichelte mir – und die von den Berührungen ausgelösten Gefühle waren wunderbar!

Eines Abends war ich wieder mit einem Mann namens Bernd im Gespräch. Er war mindestens dreißig Jahre älter als ich und strahlte Ruhe und Selbstbewusstsein aus. Er gefiel mir von Anfang an, und wir hatten schon des Öfteren miteinander geplaudert. Es waren wunderschöne Gespräche voller Tiefgang gewesen, die ich mit meinen ehemaligen Mitschülern nicht hätte führen können.

Als ich an diesem Abend irgendwann gehen wollte, schloss er sich mir an. Wir hatten für eine kurze Weile einen gemeinsamen Weg. Als wir an die Stelle kamen, an der sich unsere Wege trennen würden, ergriff er meine Hand und streichelte mit seiner anderen Hand meine Wange.

„Du bist unglaublich süß!", raunte er mir zu.

Sofort wurde ich rot.

„Oh, danke!"

„Du bist so jung und unverdorben – das gefällt mir!"

Ich bekam keinen Ton heraus.

„Rick, ich möchte dich küssen. Darf ich?"

„Ich – hier kann man uns sehen", krächzte ich mit heiserer Stimme.

„Stimmt. Komm mit."

Er zog mich zu einer kleinen Bank, die etwas abseits unter einem Baum stand.

„Hier kann uns keiner sehen."

Mein zaghafter Blick schaute in die Runde, aber es war weit und breit niemand zu sehen. Zudem standen wir jetzt hinter der Bank, deren Rückenlehne unseren Unterleib verdeckte. Den Rest von uns hüllten die Nacht und der Baum in Dunkelheit.

„Also? Darf ich dich küssen?"

„Ja", hauchte ich, „bitte – bitte küss mich!"

Das ließ er sich nicht zweimal sagen. Sofort presste er seine Lippen auf meine, und so wie ich es von meiner Freundin gelernt hatte, öffnete ich leicht den Mund und ließ meine Zunge hervorschnellen. Im ersten Augenblick wirkte Bernd überrascht, aber dann stieg er darauf ein. Damit wurde aus einem anfangs unschuldigen Kuss ein heißer Zungenkuss! Ich bekam meinen ersten Kuss von einem Mann! Es war herrlich! Ich schwebte wie auf Wolken und vergaß in dem Moment alles rings um mich herum! Es zählten nur noch der Augenblick und der Kuss, dieser wahnsinnig schöne Kuss! Dabei spürte ich Bernds Nähe und konnte sein Rasierwasser riechen. Ich sog alles in mich auf: die Dürfte, Gefühle und die Atmosphäre.

Noch während unsere Lippen miteinander verschmolzen waren, spürte ich plötzlich eine Hand in meinem Schritt. Sanft legte sie sich auf meine Körpermitte und begann, meine Intimzone zärtlich zu streicheln.

„Was..."

„Bist du schon mal von einem Mann angefasst worden?"

„Nein", keuchte ich lüstern, „nur kurze Berührungen in der Bar."

„Dann wird das jetzt eine neue Erfahrung für dich werden."

„Aber – ich – ich bin noch Jungfrau..."

„Sht, genieße es einfach!"

Schon bei der ersten Berührung von seiner Hand hatte sich mein Glied versteift – der Kuss und der beruhigende Klang seiner Stimme hatten mich so heiß gemacht, dass die Erektion wohl schon eingeleitet worden war und jetzt nur noch vollendet werden musste.

Ich ließ den Dingen ihren Lauf. Unsere Zungen umspielten sich immer schneller, während seine Hand meinen Schritt fortlaufend heftiger rieb. Schon spürte ich den Liebessaft in mir aufsteigen und wollte etwas sagen, aber seine Lippen versiegelten meinen Mund. Also schwieg ich und genoss dieses unglaubliche Lustgefühl, das ich in dieser Form noch nie erlebt hatte.

Als ich mich nur noch mühsam beherrschen konnte, wagte ich dann aber doch, den Kuss zu unterbrechen.

„Deine Hand – bitte…"

„Was ist mit meiner Hand? Gefällt dir nicht, was ich mache?"

„Doch, sehr sogar! Zu sehr, denn mir – mir kommt es gleich!"

„Genau das ist meine Absicht! Also genieße es!"

Damit versiegelte er wieder meinen Mund mit seinen Lippen, und während unsere Zungen ihren Tanz fortsetzten, verrichtete seine Hand weiter ihre luststeigernde Arbeit. Es dauerte nun aber nicht mehr lange, bis ich mich nicht mehr zurückhalten konnte und mein Glied heftig zu zucken begann. Im nächsten Moment schoss bereits mein Samen aus mir heraus und ergoss sich in meinen Slip!

Im Moment des Höhepunktes erstarrte ich! Bevor ich aber peinlich berührt über das Beschmutzen meiner Unterhose sein konnte, streichelte Bernd meinen Schritt einfach weiter. Dabei flüsterte er mir zu: „So ist es gut, lass deinen Saft fließen! Es ist überhaupt nichts Schlimmes dabei!"

Ich wollte etwas sagen, aber die Feuchtigkeit in meiner Hose und seine Hand, die mit ihren Berührungen alles noch verteilte, machten mich sprachlos. Dann dämmerte mir, dass ich mich heute zum ersten Mal von einem Mann hatte küssen und anfassen lassen – und dass mir dieser Mann den ersten Höhepunkt ohne eigene Handarbeit beschert hatte! Plötzlich durchströmte mich ein wahres Glücksgefühl! Jetzt war ich zu allem bereit!

„Bitte nimm mich!", hauchte ich im Überschwang des Glücks.

Zu meiner Enttäuschung ließ es Bernd aber bei dem Erlebten bewenden.

„Heute nicht, du musst das Erlebte ganz sicher erst verarbeiten."

„Aber – ich bin jetzt zu allem bereit! Komm, bums mich! Besorg es mir, ganz so, wie du es willst – ich mache alles mit!""

„Dass du das möchtest, glaube ich sofort, aber wir wollen doch nichts übertreiben. Wenn du es an einem anderen Tag immer noch willst, werde ich dich gerne entjungfern!"

„Aber…"

„Pst, zerstöre nicht den Augenblick!"

Ich musste einsehen, dass er nicht weitergehen wollte.

Immerhin küssten wir uns noch eine kleine Weile, bevor sich unsere eng aneinandergeschmiegten Körper voneinander lösten.

„Du küsst wunderbar!"

„Du aber auch!", erwiderte ich.

„Hat dir meine Handarbeit gefallen?"

„Oh ja! Deine – deine – äh – Berührungen in meinem Schritt waren wunderbar! Das müssen wir unbedingt wiederholen!" Nach einem Moment fügte ich etwas leiser hinzu: „Vielleicht dann ohne Hose."

„Gerne, Bambi!"

„Bambi?"

„Du bist noch jung und unverdorben – wie ein Rehkitz. Deshalb Bambi." Er lachte leise. „Und jetzt geh schnell nach Hause und leg dich trocken! Wenn Sperma trocknet, kommt wie aus heiterem Himmel der Harndrang, und der ist nicht zu stoppen. Wir wollen doch nicht, dass deine

Hose heute noch richtig nass wird!" Wieder ließ er ein leises Lachen hören.

„Ja, gut, dann wird es wohl das Beste sein, wenn ich schnell nach Hause gehe."

Wir küssten uns erneut, aber dieses Mal eher flüchtig. Als ich mich zum Gehen wandte, gab er mir noch einen kräftigen Klaps auf den Po und meinte: „Viel Spaß nachher!"

„Womit?", fragte ich etwas verwirrt.

„Du wirst nachher bestimmt noch an dir herumspielen – genieße es!"

Bernd wusste ganz offensichtlich Bescheid, denn er behielt Recht. Die ganze restliche Nacht ging mir die Szene an der kleinen Bank nicht aus dem Kopf! Die Erinnerung ließ mein Glied immer wieder zu einem Tauchsieder mutieren! Es brauchte zwei weitere Höhepunkte, bevor ich endlich vor Erschöpfung halbwegs befriedigt in einen tiefen Schlaf fiel. Wovon ich in dieser Nacht geträumt habe, dürfte klar sein! Ich hatte endlich meine wahre Sexualität entdeckt – und angefangen, sie tatsächlich auszuleben! In dieser Nacht träumte ich von einer Wiederholung und dem nächsten Schritt!

Mein erster Oralsex

Nach der Entdeckung meiner Sexualität und dem ersten Petting mit Bernd war ich begierig, den nächsten Schritt zu gehen.

„Ich möchte, dass du mich mit dem Mund verwöhnst", vertraute er mir eines Abends in unserer Lieblingsbar an, „würdest du das machen?"

„Aber natürlich!", stimmte ich sofort zu. Allerdings hatte ich bislang noch nie Sex mit einem Mann gehabt und fühlte mich wegen meiner fehlenden Erfahrung plötzlich unsicher – immerhin wollte ich, dass Bernd der Sex mit mir gefallen und er ihn genießen würde. Ich wollte unbedingt vermeiden, mir den Ruf einzuhandeln, im Bett langweilig zu sein. Also wollte ich vorab ein paar Informationen sammeln und hielt ich ihn mit einer fadenscheinigen Ausrede hin. Mir war klar, dass das nicht lange gutgehen würde, aber ich wusste keinen anderen Ausweg.

An den nächsten beiden Tagen ging ich in eine andere Bar und hielt meine Augen und Ohren offen. Begierig saugte ich jede Information über Stellungen und Techniken in mich auf, aber eigentlich interessierte mich nur der Oralsex. Im Nachhinein waren das natürlich nur spärliche und zudem oberflächliche Informationen, aber auf mich als unerfahrenen Jüngling wirkten sie wie großes Wissen.

Sehr schnell bekam ich mit, dass sich tatsächlich viele Gespräche um Oralsex drehten. Diese Form des Geschlechtsverkehrs schien mir immer wegen der Zähne etwas riskant, aber ansonsten recht einfach zu sein. Aus den diversen Gesprächen konnte ich jedoch rasch heraushören, dass es wohl doch einer versierten Technik bedurfte, um seinem Partner eine lustvolle Erfüllung zu verschaffen. Als ich dann noch hörte, wie man die Blaskünste mancher Männer hinter deren Rücken als unzureichend belächelte, wurde mir ganz flau im Magen. Wenn man es ‚nicht richtig' machte, galt man offensichtlich nicht nur als langweilig im Bett, sondern wurde zudem auch noch ausgelacht! Das bereitete mir große Sorgen, denn wie sollte ich als ‚Anfänger' ohne jegliche Übung bestehen können?

„Na, Rick", riss mich plötzlich eine Stimme aus meinen Gedanken, „hier treibst du dich also herum!" Hinter mir stand Bernd und grinste. „Warum so nachdenklich?"

„Nein, nicht nachdenklich", log ich schnell, „nur etwas müde. Bei der Arbeit war es heute sehr anstrengend. Also bin ich noch auf einen kleinen Absacker hergekommen."

„Tja, einen anstrengenden Tag gibt es immer mal wieder", nickte er und setzte sich zu mir an die Bar, „Aber ich kenne da ein gutes Mittel zum Entspannen." Wieder zeigte er mir sein strahlendes Lächeln.

„Welches Mittel ist das? Ein besonders starker Kaffee?"

„Nein", lachte er, „ich meine einen hübschen Schwanz im Mund. Na, was sagst du dazu? Magst du meine Methode zum Munterwerden mal ausprobieren?"

Natürlich wollte ich das nur zu gerne, allerdings hatte ich für meinen Geschmack noch nicht genug Informationen über die Feinheiten des Oralsexes – zudem hatten mich die Lästereien über die weniger versierten Männer stark verunsichert. Um mich nicht als unwissend entlarven zu müssen, wich ich daher seinem Angebot lieber aus: „Natürlich, das würde ich sogar sehr gerne ausprobieren! Aber heute lieber nicht, denn ich bin so müde, dass selbst deine Wundermethode mich nicht wach bekommen würde. Außerdem könnte ich dich nicht so ausgiebig verwöhnen, wie ich es gerne machen würde – oder ich würde dich womöglich aufgrund einer Unkonzentriertheit verletzen."

„Ach, komm schon – du brauchst Abwechslung von der Arbeit und ich muss mich entladen. Das Risiko, von dir gebissen zu werden, gehe ich da gerne ein. Also, was ist?"

Müde schüttelte ich mit dem Kopf.

„Na komm, raff dich auf! Du wirst sehen, dass es dir guttun wird!", lockte er.

Ich schüttelte erneut mit dem Kopf. „Nein, heute lieber nicht. Aber wir holen das nach, versprochen!"

„Na ja, kann man nichts machen", murmelte Bernd enttäuscht. Wir wechselten noch ein paar Augenblicke lang unbedeutende Sätze, bevor er sich trollte und mich alleine zurückließ. Keine zehn Minuten später sah ich ihn mit einem anderen Mann zum Hinterausgang gehen. Ich konnte mir gut vorstellen, was gleich im Hof geschehen würde und war drauf und dran, hinterher zu schleichen. Vielleicht könnte ich ja heimlich zusehen und dabei etwas lernen! Gleich darauf war mir der Gedanke allerdings schon so peinlich, dass ich es lieber sein ließ – nicht auszudenken, wenn man mich beim Zuschauen erwischen würde!

Da mir Bernd schon öfter angeboten hatte, seine ,Zigarre zu rauchen', wie er es nannte, würde ich ihn nicht mehr lange hinhalten können – was ich ja eigentlich auch gar nicht wollte! Wir mochten uns, und das Petting mit ihm war wunderschön – aber es fehlte die Würze des nächsten Schrittes. Ich wollte endlich seinen Liebessaft schmecken und ihn nach allen Regeln der Kunst mit dem Mund verwöhnen! Ohne Erfahrung war das aber in meinen Augen ein aussichtsloses Unterfangen. Es dämmerte mir, dass ich sehr bald mit Bernd Oralsex haben und dabei riskieren musste, mich zu blamieren – oder ich würde ihn verlieren. Da er ein attraktiver Mann war, hatte ich sehr viel Konkurrenz, und mein Bonus als ,Neuling' würde sein Interesse nicht ewig an mir wachhalten. Weil ich ihn über alle Maßen liebte und es ihm deshalb besonders gut besorgen wollte, musste ich also so schnell wie möglich handeln. Das bedeutete konkret, dass ich rasch in Erfahrung bringen musste, was einen begnadeten Bläser ausmachte. Ich sah mich in der Bar um, aber die meisten Anwesenden kannte ich inzwischen vom Sehen und wollte mein Problem lieber keinem von ihnen anvertrauen. Nach langem Überlegen kam ich darauf, dass ein richtiger

Profi garantiert wusste, was guten Oralsex ausmachte. Vielleicht konnte mich ja ein Callboy in die Feinheiten einweihen, die ich dann bei Bernd anwenden könnte!

Kurzentschlossen eilte ich nach Hause, um meine Idee in die Tat umzusetzen. Im Internet suchte ich nach einschlägigen Seiten und wurde schnell fündig. Rasch ging ich die Bilder und Angebote durch, von denen sich viele in einem akzeptablen Umkreis befanden.

Weniger einfach war es, mich für ein Angebot zu entscheiden. Da ich keinen der Männer persönlich kannte, entschied ich anhand der Bilder nach Sympathie. Es dauerte einige Zeit, bis ich meine Wahl getroffen hatte, aber schließlich war es soweit: Sie fiel auf einen Mann von Ende Zwanzig, der auf seinen Bildern freundlich und zugleich neckisch wirkte. Seinen Profilangaben nach zu urteilen arbeitete er nicht weit entfernt von meiner Wohnung.

Nach einem kurzen Blick auf die Uhr wählte ich mit zittrigen Fingern seine Nummer. Als es klingelte, unterbrach ich rasch die Verbindung – mein Herz raste vor Aufregung und schien an meinem Hals zu pochen. Die ungewohnte Situation drohte, mir mit plötzlicher Atemlosigkeit die

Sprache zu verschlagen. Es war, als würde ich etwas Verbotenes machen, dabei war es doch eigentlich eine vollkommen normale Sache, einen Callboy anzurufen.

Ich atmete mehrmals tief durch und versuchte, mich zu beruhigen. Nachdem ich meine Atmung wieder halbwegs unter Kontrolle hatte, griff ich erneut zum Telefon und wagte einen zweiten Versuch.

Bereits nach dem zweiten Klingeln wurde abgehoben. „Hallo", hauchte eine sanfte Stimme in den Hörer.

Ich war wie elektrisiert und brachte zunächst keinen Ton heraus. Dann aber riss ich mich zusammen. „Äh – ja, hallo", stammelte ich ins Telefon.

Am anderen Ende erklang ein Ton wie von einem unterdrückten Lachen. „Du bist aber sehr schüchtern", ließ sich wieder die Stimme vernehmen.

„Ja – äh, also – ich bin unerfahren", brabbelte ich drauflos.

„Ganz ruhig, das ist am Anfang ganz normal. Was möchtest du denn gerne machen?"

„Blasen", platzte es aus mir heraus.

„Aktiv oder passiv?"

„Äh – was?"

„Aktiv heißt, dass du es mir besorgst, bei passiv verwöhne ich dich."

„Ich – ich möchte lernen, wie man einen – einen Schwanz richtig gut bläst."

„Ah, ich verstehe. Du willst bestimmt deinen Freund überraschen und hast Sorge, dass er von deinen Künsten enttäuscht sein könnte, nicht wahr?"

„Ja – nein – oder doch, so ungefähr." Mein Gestammel ergab zwar keinen Sinn, aber mein Gesprächspartner verstand es dennoch. Wahrscheinlich hatte er des Öfteren Anrufe von Leuten wie mir.

„Keine Sorge, das ist kein Hexenwerk! Wir bekommen das hin. Wenn du mich besuchen kommst, werde ich dir ein paar Sachen beibringen, dass deinem Freund Hören und Sehen vergehen wird! Er wird nach deinem Mund geradezu süchtig werden!"

„Ja, gut – aber – äh – was kostet das?"

„Lass uns darüber reden, wenn du hier bist. Aber keine Sorge, ich werde dich nicht ausnehmen."

„Ja, hm – also gut."

Wir verabredeten eine Zeit und ich bekam die Adresse. Als ich auflegte, zitterte meine Hand wie Espenlaub. Es dauerte etwas, bis ich mich wieder beruhigt hatte, denn die ganze Situation kam mir unwirklich vor. Nachdem ich endlich die Aufregung im Griff hatte, machte ich mich auf den Weg zu der angegebenen Adresse.

Sie war nicht allzu weit entfernt, und so stand ich innerhalb von einer guten halben Stunde vor dem Eingang eines Mehrfamilienhauses. Ein Blick auf die Klingelschilder verriet mir, dass ‚Tony' im zweiten Stock wohnte – oder müsste es heißen, dass er dort seine Geschäftsräume hatte?

Bevor ich weiter darüber nachdenken konnte, drückte ich lieber schnell den Klingelknopf. Augenblicklich ertönte der Türsummer. Rasch schob ich die Eingangstür auf und ging auf die Treppe zu. Mit jedem Schritt und jeder Stufe wurden meine Knie weicher und das Herz schlug mir einmal mehr bis zum Hals. Am liebsten hätte ich kehrtgemacht und wäre weggelaufen, aber ich zwang mich, die Treppe weiter hochzugehen.

Im zweiten Stock angekommen war bereits eine Wohnungstür geöffnet. Im Türrahmen stand ein hübscher, sportlicher Mann, der nur mit einer schwarzen Shorts bekleidet war. Unter dem Stoff konnte man deutlich eine gewaltige Beule erkennen. Sein Äußeres entsprach genau den Fotos im Internet. Er strahlte viel Wärme und eine herzliche Freundlichkeit aus.

„Hallo", begrüßte er mich, „ bist du Rick?"

Da mir die ganze Situation die Sprache verschlagen hatte, nickte ich nur.

„Na, dann komm mal rein! Und keine Angst, ich werde sehr, sehr lieb zu dir sein!" Er schenkte mir ein warmherziges Lächeln, das mich etwas mutiger werden und eintreten ließ.

Er dirigierte mich in ein anmutig beleuchtetes Zimmer, dessen Mittelpunkt ein riesiges Bett war. In den danebenstehenden Regalen konnte ich trotz des gedimmten Lichts Sexspielzeuge aller Art erkennen. In den beiden Schränken, die auf der anderen Zimmerseite standen, vermutete ich eine große Auswahl an Unterwäsche.

Tony begann ein kurzes, belangloses Gespräch, wohl um das Eis zwischen uns zu brechen. Die Taktik ging auf, denn seine sanfte Stimme und die heimelige Atmosphäre des Zimmers ließen mich immer mehr Vertrauen fassen. Ganz allmählich entspannte ich mich, bis ich schließlich vollkommen ruhig war.

In dieser Atmosphäre regelten wir rasch das Finanzielle. Als das geklärt war, meinte Tony: „So, mein Süßer, dann zieh dich aus. Ich will dich nackt sehen!"

Mit nun doch wieder zittrigen Fingern legte ich meine gesamte Kleidung ab.

„Du siehst gut aus", flüsterte er mir ins Ohr, „dein Freund ist ein richtiger Glückspilz!"

„Na ja...", begann ich, verstummte aber sofort. Tony hatte seine Shorts abgestreift und war nun ebenfalls splitternackt. Sein Glied war bereits ganz steif und stand weit vom Körper ab. Beim Anblick dieses Prachtbolzen schluckte ich mehrmals – ich bezweifelte, dass ich ihn in den Mund nehmen konnte.

„Komm, Süßer, jetzt beginnt dein Unterricht!"

Er legte sich so auf das Bett, dass ich jede seiner Bewegungen ungehindert verfolgen konnte. Dann spielte er an sich herum und erklärte mir ganz genau, was ich wie mit Mund, Zunge und Händen machen sollte, um garantiert jeden Mann sofort ganz heiß zu machen.

Er gab sich sehr viel Mühe, mich in die Welt des Oralsexes einzuführen. Als er schließlich der Meinung war, dass ich die ‚Theorie' verstanden hatte, meinte er: „Jetzt kommt die Praxis an die Reihe. Komm, knie dich zwischen meine Beine."

Bei diesen Worten setzte er sich an die Bettkante und spreizte seine Beine, sodass ich ohne Probleme zwischen ihnen knien konnte. Mein Gesicht war nun auf gleicher Höhe wie sein Geschlechtsteil.

„Jetzt zeig mir, was du gelernt hast! Wenn nicht gleich alles wie geplant klappen sollte, werden wir es einfach wiederholen – ich kann mehrmals kommen, also mach dir deswegen keine Gedanken! So, und jetzt, mein Süßer, leg los!"

Noch etwas zögerlich ergriff ich mit einer Hand den Schaft seines Gliedes, während ich mit der anderen seinen Juwelensack umfasste. Dann näherte ich mein Gesicht seiner Intimzone an – und küsste den Schaft! Es fühlte sich herrlich an! Sofort küsste ich weiter, aber dann erinnerte ich mich an Tonys Anweisungen. Mit etwas Bedauern stellte ich das Küssen ein und ließ meine Zunge den Schaft hinauf- und hinabfahren. Du meine Güte, war das herrlich! Gleichzeitig massierte ich seinen Juwelensack, während Tony lüstern stöhnte.

Nach einiger Zeit keuchte er: „Küss meine Eier!"

Sofort erfüllte ich ihm diesen Wunsch. Während meine Lippen die weiche Haut zärtlich berührten, massierte meine Hand nun seinen Stängel.

„Jetzt leck sie mir!"

Sofort gehorchte ich.

Als sein Keuchen immer lauter wurde, ging das an mir nicht spurlos vorbei. Ich spürte die Hitze zwischen meinen Beinen und reagierte darauf, indem ich seine Hoden immer heftiger abschleckte.

„Das macht dich ganz geil, was?"

„Hm-m", nuschelte ich.

„Dann ist es jetzt soweit – geh den nächsten Schritt", japste Tony.

Sofort ließ ich meinen Kopf etwas höher wandern, bis seine Schwanzspitze genau vor meinem Mund war. Ohne zu zögern massierte ich mit einer Hand seinen Hodensack, während ich mit der anderen den Schaft seines Gliedes umfasste.

Auf seiner Eichel hatte sich bereits ein kleiner Lusttropfen gebildet. Sanft leckte ich ihn mit der Zunge ab und spürte erstmals den Geschmack eines fremden Liebessaftes im Mund. Er schmeckte köstlich, besser als jedes erlesene Getränk der Welt!

Schon bildete sich ein weiterer Tropfen, dem schnell hintereinander noch weitere folgten. Ich leckte und küsste sie alle weg, bis Tony mir zurief: „Jetzt! Los, besorg es mir!"

Für einen kurzen Moment war ich ratlos, aber dann erinnerte ich mich an seine Einweisung. In Windeseile stülpte ich meine Lippen über seine Speerspitze und versuchte, so viel wie möglich von seinem Glied aufzunehmen. Zwar gelang mir das bei dem Riesending nur teilweise, aber ich hatte genug im Mund, um genüsslich daran saugen zu können. Zwischendurch streichelte ich den Teil seines Schaftes, der sich in meinem Mund befand, immer wieder mit der Zunge, während meine Hände seinen Juwelensack sanft massierten.

Sehr schnell spürte ich, wie sich seine beiden Hoden zu einem einzigen zu vereinigen schienen. Das war das Zeichen, dass es ihm gleich kommen würde. Tatsächlich rief er auch schon: „Süßer, gleich – gleich kommt es mir!"

Eigentlich war dieser Ruf als Signal für mich gedacht, seinen Schaft sofort freizugeben, damit er sich entladen konnte. Aber die ersten Tropfen seines Taus waren so köstlich gewesen, dass ich davon geradezu berauscht war – und sein Glied nicht freigab. Ganz im Gegenteil, ich saugte wie in Trance immer weiter, während ich mit einer Hand seine Hoden immer intensiver melkte.

Es war deutlich zu spüren, wie Tony gegen die Entladung ankämpfte und seinen Penis aus meinem Mund ziehen wollte, aber da ich in der besseren Position war, gelang es ihm nicht.

Endlich schien er einzusehen, dass er sich vergeblich mühte. Ab diesem Moment gab er seine Bemühungen auf und schien das Geschehen zu genießen. Aber nicht lange, denn gleich darauf schoss er mir seine Ladung Sahne in den Mund! Ich schluckte und schluckte… Aber obwohl ich mich sehr bemühte, konnte ich unmöglich die gesamte Menge aufnehmen. Rasch war meine Mundhöhle überschwemmt und der Liebessaft lief mir an den Mundwinkeln hinaus. Von dort tropfte er auf meine Brust, meine Beine und den Boden.

Es dauerte eine geraume Weile, bis der Schwall nachließ und endlich versiegte. Ich säuberte mein ‚Lehrmaterial' mit der Zunge, bevor ich seine Genitalien aus meinem Griff entließ.

Danach kniete ich erschöpft zwischen seinen Beinen und leckte mir mit der Zunge seinen restlichen Liebessaft von den Lippen.

Tony lag noch ein paar Minuten mit geschlossenen Augen auf dem Bett, bevor er sich mit glänzenden Augen aufrichtete.

„Du warst wunderbar!", hauchte er.

„Wirklich?" Einerseits freute ich mich über das Lob, aber andererseits war ich misstrauisch – vielleicht sagte er das ja auch bloß, um nett zu sein.

„Nein, wirklich – so hat es mir noch keiner beim ersten Mal besorgt! Du hast wirklich noch nie zuvor Oralsex gehabt?"

Ich schüttelte mit dem Kopf.

„Dann bist du ein Naturtalent! Dein Freund kann sich sehr, sehr glücklich schätzen, dich zu haben!"

„War es wirklich so gut oder sagst du das nur so, um mich nicht zu enttäuschen?"

„Rick, das war ganz große Klasse! Manchmal habe ich deine Unerfahrenheit gemerkt, wenn der Zeitpunkt zum Wechseln der Vorgehensweise gekommen war, aber du hast auf meine entsprechenden Zeichen sofort reagiert und sie grandios umgesetzt! Noch zwei- oder dreimal üben, und du wirst ein grandioser Bläser sein!" Nach einer kurzen Pause fügte er hinzu: „Dazu das Schlucken meines Saftes – das war unbeschreiblich!

Es gibt viele Männer, die das nicht machen würden! Du dagegen – gleich beim ersten Mal!" Seine Begeisterung wirkte auf mich absolut echt.

„Es – es war eine Spontanentscheidung", flüsterte ich, bevor ich mit einer Mischung aus Stolz und plötzlich aufkommender Scham hinzufügte: „Dein Sperma schmeckt köstlich!"

Lächelnd küsste er mich auf den Kopf.

Wir blieben noch eine Weile auf dem Bett liegen. Keiner von uns hatte es eilig – was mich etwas überraschte, denn für Tony war das ja schließlich Arbeitszeit und wir hatten einen Festtarif vereinbart.

Schließlich meinte er: „Komm, versuch es nochmal! Dabei werde ich dir keine Zeichen geben, sodass du ganz alleine über den Ablauf entscheiden kannst!"

„Wirklich? Ich soll nochmal…?"

Er nickte mir aufmunternd zu.

Ich zögerte kurz, aber er hatte ja Recht, denn nur durch Übung konnte ich alles so verinnerlichen, dass ich es bei Bernd anwenden konnte.

Da Tony bereits wieder mit gespreizten Beinen auf dem Bett saß, kniete ich erneut vor ihm nieder. Ohne zu Zaudern griff ich seine Genitalien und wiederholte das Gelernte. Dieses Mal dauerte es ein paar Augenblicke länger, bis Tony reagierte, aber dann kam es ihm mit beinahe der gleichen Heftigkeit wie beim ersten Mal! Wieder ließ ich es mir nicht nehmen, seinen Liebessaft aufzunehmen.

Nach seiner Ejakulation sank ich erschöpft auf dem Boden zusammen. Einerseits war ich durch das Erlebte euphorisiert, aber andererseits fühlte ich plötzlich eine bleierne Müdigkeit.

„Du warst gut, Süßer!", gratulierte mir Tony. Wieder küsste er sanft meinen Kopf.

„Ich habe einen guten Lehrer!", gab ich lächelnd zurück.

„Komm, ruh dich etwas aus."

Wir legten uns nebeneinander auf das Bett und plauderten eine Weile zwanglos miteinander.

Endlich aber entschied ich mich zum Aufbruch. Ich durfte seine Dusche benutzen, um mich zu säubern. Danach zog ich mich an.

Tony begleitete mich zur Wohnungstür. Bevor er mich entließ, küsste er mich auf die Nase und sagte: „Wenn du wieder etwas lernen willst, melde dich einfach."

Ich nickte. Ganz so abwegig war der Gedanke nicht.

Dann fügte er hinzu: „Für den Fall, dass du mal Geld brauchen solltest – ich gebe dir sofort eine Stelle als Bläser!"

Ein Blick in sein Gesicht zeigte mir, dass er das vollkommen ernst meinte.

„Danke!", hauchte ich. Vor Ergriffenheit kamen mir fast die Tränen. Tonys Angebot war für mich ein wunderbares Lob – es zeigte mir, dass man über meine Liebeskünste nicht lachen würde! Nun fühlte ich mich bereit, es Bernd mit dem Mund gründlich zu besorgen! Was ich nur einen Tag später auch tat...

Eine Verkettung unschöner Erlebnisse

Mit Bernd verband mich eine enge Freundschaft. Wir trafen uns oft und genossen die gegenseitigen Zärtlichkeiten. Dabei verwöhnten wir uns häufig mit Oralsex. Manchmal durfte ich ihn auch von hinten nehmen, aber er tat das nie bei mir. Stattdessen bestand er darauf, dass ich mindestens eine Stunde am Tag einen Analplug trug, um mich zu weiten und für ihn zugänglich zu machen. Er hatte wirklich einen prachtvollen Bolzen, den ich ohne diese Übungen nie hätte aufnehmen können!

Natürlich enttäuschte es mich, von meiner ersten großen Liebe nicht vollständig entjungfert zu werden. Bernd tröstete mich dann immer mit den Worten: „Bambi, du bist da hinten noch viel zu eng, da würde ich dir furchtbar wehtun! Die erste Erfahrung mit Analsex vergisst man nie, und ich möchte, dass sie für dich wunderschön sein wird! Also trag weiter brav die Plugs und weite dich, dann werde ich dich mit Freude in den Hintern ficken!"

Aber auch wenn ich noch nicht alle Facetten der gleichgeschlechtlichen Liebe kennengelernt hatte, war ich glücklich. Allerdings nur, wenn ich mit Bernd zusammen war oder mich in Schwulenbars aufhielt. In meinem ‚richtigen' Leben war ich noch immer nicht geoutet und sehnte mich dann umso mehr nach Bernds Armen und Liebkosungen.

Dieser Glückszustand hielt leider nicht lange an. Während Bernd von mir Treue verlangte und ich dem gerne nachkam, nahm er es damit offensichtlich nicht so genau. Mir fiel auf, dass er mich in unserer Lieblingsbar immer oberflächlicher küsste und meinem Begehren nach intimen Berührungen eher lustlos nachkam, aber auch immer mal wieder freundlich, aber bestimmt ablehnte. Im Laufe der Zeit erschienen mir seine Ausreden immer weiter hergeholt. Dafür registrierte ich, dass er anderen Männern zulächelte und mit ihnen ein vertrautes Gespräch begann. Währenddessen saß oder stand ich ohnmächtig daneben und zermarterte mir den Kopf, woran es liegen könnte.

Nachdem er mal wieder mit einem anderen Mann geflirtet hatte, sprach ich das Thema an: „Du-hu, Be-ernd, kann ich dich mal was fragen?"

„Was hast du denn auf dem Herzen, Bambi?"

„Ich habe den Eindruck, dass du mit anderen Männern flirtest. Genüge ich dir nicht mehr?"

Damit waren mein Eindruck und meine große Angst endlich ausgesprochen.

Bernd runzelte die Stirn, bevor er langsam antwortete: „Wie kommst du denn auf diesen Unsinn?"

„Na ja", druckste ich herum, „du flirtest viel mit anderen und ich stehe dumm daneben. Ist es, weil ich – also – noch nicht ganz verfügbar bin?"

„Was?"

„Wenn dir der Analsex fehlt, dann nimm mich doch einfach! Egal, ob es wehtun wird oder nicht!", bettelte ich.

„Du bist erst beim zweiten der vier Plugs, also für meinen Schwanz noch viel zu eng!"

„Ja, aber ich will dich nicht verlieren! Wenn dir also der Analsex fehlt, dann fick mich einfach in den Hintern! Ich werde das schon aushalten und mich nicht beschweren, versprochen! Besser diese Schmerzen als dich zu verlieren!"

„Du redest Unsinn, Bambi! Und jetzt komm her!" Damit nahm er mich in seine starken Arme und küsste mich überaus zärtlich. Es war wunderbar, aber es zerstreute nicht meine Sorgen! Deshalb raunte ich ihm leise ins Ohr: „Du kannst mich jederzeit bumsen! Ich bin dazu bereit" Statt einer Antwort versiegelte er meinen Mund mit einem weiteren Kuss.

Auch in der folgenden Nacht hatten wir ‚nur' Oralsex. Einerseits freute ich mich über seine große Rücksichtnahme auf die Enge meines Hinterns, aber andererseits blieb die Angst, ihn zu verlieren, unverändert groß. Wenn er mich richtig durchgevögelt hätte, wäre das für mich mit Sicherheit eine recht schmerzhafte Erfahrung geworden, aber ich hätte keine Verlustängste mehr gehabt. Letztere wogen in meinen Gedanken viel schwerer, aber Bernd verstand das nicht.

Wie berechtigt meine Sorge war, erfuhr ich drei Tage später. Da ich in der Schule nicht besonders gut war, bezahlten meine Eltern Nachhilfestunden für mich, denn schließlich war ich bereits in der zwölften Klasse, wo jede Zeugnisnote mehr oder weniger gewichtig in die Abiturnote einfloss. Da eine wichtige Mathematikklausur bevorstand, hatte die Nachhilfe länger gedauert, um mich für die Klausur fit zu bekommen. Ich hatte Bernd entsprechend informiert und er war schon zu unserer Lieblingsbar vorgefahren. Wir wollten uns nach meiner Nachhilfe dort treffen.

Als ich mit einstündiger Verspätung dort eintraf, konnte ich ihn zuerst nicht finden. Erst nach längerer Suche fand ich ihn – im Hof! Er trieb es dort wild mit einem von den Typen, die er an den Tagen zuvor immer wieder angelächelt hatte!

Einer ersten Reaktion folgend wollte ich ihm eine Riesenszene machen, aber eine innere Stimme hielt mich davor zurück. Immerhin war ich Stammgast in dieser Bar, sodass mich alle kannten. Wenn ich jetzt zu Toben beginnen würde, wäre wohl eher ich die Lachnummer. Diese Blöße wollte ich mir aber auf keinen Fall geben, denn Bernds Untreue war für mich schon Schmach genug.

Mit tränenüberströmtem Gesicht verließ ich so schnell wie möglich den Hof und die Bar. Draußen atmete ich tief durch und eilte dann nach Hause. Dort weinte ich die ganze Nacht hindurch und ignorierte Bernds Anrufe. Auch am anderen Morgen ging ich nicht ans Telefon, wenn seine Nummer im Display erschien. Erst nach Schulschluss rief ich ihn an.

„Bambi, na endlich! Wo bist du denn gestern gewesen und warum ignorierst du meine Anrufe?"

„Ich war da – verspätet, aber ich war da! Ich habe dich im Hof mit dem anderen gesehen. Wie lange treibt ihr es schon hinter meinem Rücken?"

„Was? He, du hast da was missverstanden!"

„Missverstanden? Du hast in ihm gesteckt, obwohl du das auch bei mir hättest machen können!"

„Du bist doch noch viel zu eng und unerfahren..."

„Na, dann wünsche ich dir viel Spaß mit deinem ‚erfahrenen' Stecher!"

„He, du dramatisierst..."

„Lass mich in Ruhe! Mit uns ist es aus!", schrie ich in einer Mischung aus Wut, Verzweiflung und verletztem Stolz in den Hörer.

„Aber..." Weiter kam er nicht, denn ich unterbrach die Verbindung.

Sofort klingelte das Telefon erneut. Ich ignorierte es, obwohl ich meine Entscheidung bereits bitter bereute. Aber es gelang mir tatsächlich, hart zu bleiben.

Die nächsten Tage waren grausam! Ich vermisste Bernd und seine Zärtlichkeiten so sehr, dass ich es nicht beschreiben kann! Ständig musste ich an ihn, seine Küsse und seine liebevollen Berührungen denken, und wo immer ich ging, erinnerte mich etwas an ihn! Mehr als einmal wollte ich zum Hörer greifen und ihn anrufen oder seine Gespräche annehmen. Kurz bevor ich aber nachgeben wollte, erinnerte ich mich an die Szene im Hof der Bar – und sofort ließ mich meine Verbitterung alle Kontaktversuche abbrechen. Als Bernd schließlich mit seinen Anrufen aufgab, war ich drauf und dran, ihn von mir aus anzurufen und um Verzeihung zu bitten! Aber immer, wenn ich mit dem Eintippen seiner Nummer begann, überkamen mich wieder Zweifel. Er hatte mich einmal betrogen und würde es bestimmt wieder tun. Wer weiß, mit wie vielen Typen er es seit unserer Trennung bereits getrieben hatte – oder während unserer Beziehung! Er kannte meinen Stundenplan und hätte also genug Zeit für mehrere Verhältnisse gehabt. Bei diesem Gedanken legte ich sofort wieder auf. Um mich abzulenken, stürzte ich mich auf meine Schulbücher und lernte wie ein richtiger Streber. Dadurch verblasste mein Liebeskummer und meine Noten dankten es mir später auch.

Nach ungefähr zehn Tagen dachte ich mir aber, dass ich nicht nur Lernen konnte, Stattdessen hielt ich es für an der Zeit, mal wieder auszugehen. Ich nahm mir also fest vor, am kommenden Freitag einen etwas weiter entfernten Club zu besuchen. In meine Lieblingsbar mochte ich nicht mehr gehen aus Angst, Bernd zu begegnen –

oder von den anderen mit Fragen zu unserem Beziehungsende gelöchert zu werden. In Liebesangelegenheiten bin ich nämlich nicht nur hoffnungslos romantisch, sondern auch recht feinfühlig und damit verletzlich.

Als der Freitag schließlich gekommen war, hatte ich plötzlich Probleme mit meinem Wagen, den ich mir zu meinen achtzehnten Geburtstag von meinem Ersparten und mit Hilfe meiner Eltern gekauft hatte. Einerseits war das eine tolle Sache, andererseits war der Wagen bereits recht betagt, weshalb ich ihn sehr preisgünstig erstehen konnte. Der Nachteil an dem günstigen Kauf war, dass immer wieder etwas nicht richtig funktionierte. Da ich die Reparaturen von meinem Taschengeld bezahlen musste, war das eine Herkulesaufgabe.

Als ich nach der Schule in meine Stammwerkstatt fuhr, wurde ich vom Werkstattleiter empfangen. Er war ein Freund meines Vaters und ließ es sich nicht nehmen, mein Vehikel persönlich unter die Lupe zu nehmen.

„Tja, Rick", meinte er anschließen seufzend, „da muss ein Ersatzteil her. Ist nicht billig, das Teil."

Ich schluckte. „Wieviel?"

Er atmete tief ein, bevor er meinte: „Mit zweihundert Tacken musst du rechnen!"

„Was? Verdammt, soviel Geld habe ich nicht!"

„Hör zu, du bist ein netter Kerl und Stammkunde. Aber das Ersatzteil kostet schon hundertfünfzig und für den Einbau kämen hundert weitere Ocken dazu. Ich berechne dir dafür nur fünfzig, aber noch tiefer kann ich nicht gehen – anderenfalls würde ich einen Verlust machen."

Ich nickte resignierend.

„Kannst du das Geld auftreiben? Vielleicht von deinem Vater leihen?"

„Bei meinen Noten? Das dürfte aussichtslos sein bei seinem Credo ,Ohne Fleiß kein Preis'! Natürlich werde ich ihn fragen, aber die Antwort kenne ich schon."

„Tja, versuch es trotzdem! Noch kannst du mit dem Wagen fahren, aber ich schätze, dass in spätestens einer Woche endgültig Schluss sein wird."

Ich bedanke mich und fuhr los.

Am Abend besuchte ich den anvisierten Club. Eigentlich hätte ich mit Blick auf die Autoreparatur den Besuch lassen sollen, aber ich brauchte einfach etwas Abwechslung. Also fuhr ich hin mit dem festen Vorsatz, so wenig Geld wie möglich auszugeben.

Ich nahm an der Bar Platz und bestellte mir etwas zu trinken. Meine Lust auf Gespräche oder auf Tanzen war wie weggeblasen, und so saß ich einfach nur da. Wahrscheinlich musste ich recht abweisend gewirkt haben, denn lange Zeit wurde ich nicht angesprochen.

Aber dann setzte sich doch jemand neben mich. Es war ein älterer Herr, der mich kurz musterte. „Na", begann er nach ein paar Augenblicken ein Gespräch, „du wirkst so griesgrämig – welche Laus ist dir denn über die Leber gelaufen?"

In diesem Moment sprudelte es nur so aus mir heraus. Es war, als hätte er die Büchse der Pandora geöffnet! Ich klagte ihm mein Leid über Bernd und dem Aus unserer Beziehung, bevor ich auf mein kaputtes Auto und die hohen Reparaturkosten zu sprechen kam. Ich war so in meinen Redefluss vertieft, dass ich nicht merkte, wie mir der nette Mann ein paar Getränke spendierte, die ich geistesabwesend trank.

Als ich endlich mit dem Reden aufhörte, beugte er sich der ältere Herr zu mir herüber: „Deine Beziehung kann ich nicht kitten, aber vielleicht kann ich dir bei deinen finanziellen Problemen etwas unter die Arme greifen."

„Echt?" Erwartungsvoll strahlte ich ihn an. „Wie soll das gehen?"

„Du bist ein süßer Junge und hast einen sehr sinnlichen Mund – bestimmt kannst du gut blasen, oder?"

Natürlich nickte ich eifrig, denn schließlich hatte ich von einem Profi gelernt.

„Gut, dann mache ich dir einen Vorschlag: Dahinten ist eine kleine Abstellkammer – wenn du mir da einen bläst, bekommst du zwanzig Taler. Na, was meinst du?"

Ich wollte nachdenken, denn der Romantiker in mir sträubte sich gegen den Vorschlag. Der Realist in meinem Kopf war hingegen begeistert, denn das wäre schnell verdientes Geld. Allerdings fühlte ich mich etwas benebelt, denn mein Gesprächspartner hatte mir mehrere alkoholische Getränke spendiert, die mir jetzt beim Nachdenken hinderlich waren.

„Also, was sagst du?"

Er wollte eine Antwort haben, und ich gab sie ihm kurzentschlossen: „Deal!"

„Prima!", freute er sich, „Dann komm, lass uns Spaß haben!"

Er führte mich zu einem kleinen Raum im Keller unweit der Toiletten. Kaum hatten wir den schmuddeligen und mit allerlei ausrangierten Stühlen vollgestopften Raum betreten, als er die Tür abschloss.

„jetzt sind wir ungestört. Also dann, mein Süßer, zieh dich aus!"

„Ausziehen? Ich dachte, ich soll dir einen blasen?"

„Richtig, aber ich möchte dich dabei nackt sehen. Bitte sei so lieb und tu mir den Gefallen!"

Sein Wunsch erstaunte mich etwas, aber dann dachte ich an das Geld und zog mich achselzuckend aus.

Als ich splitternackt vor ihm stand, betrachtete er mich wohlwollend. Sogar um die eigene Achse ließ er mich drehen, damit er meine Kehrseite ebenfalls begutachten konnte. Was er sah, schien ihm sichtlich zu gefallen, denn als er seine Hose und die Unterhose fallen ließ, ragte sein Glied kerzengerade in die Höhe.

„So, mein Süßer, jetzt bist du dran – mach dich an die Arbeit!"

Da er stand, ging ich vor ihm auf die Knie und begann tatsächlich, seinen Penis zu verwöhnen. Während ich seine Hoden sanft massierte, leckte ich voller Inbrunst seinen Schaft. Es tat so gut, endlich wieder Sex zu haben! Ich genoss jeden Augenblick und gab mir deshalb besonders viel Mühe. Als es dem Herrn schließlich kam, wollte ich seinen Schwengel aus meinem Mund lassen, aber er presste meinen Kopf gegen sein Glied. Mir blieb keine andere Wahl, als seinen Saft zu schlucken. Da ich auch Bernds Sperma regelmäßig geschluckt habe, machte es mir jetzt nichts aus, auch wenn mir Bernds Liebessaft besser geschmeckt hatte.

Endlich hatte der Mann genug und gab meinen Kopf frei. Zufrieden mit meiner ‚Arbeit' und in Erwartung der versprochenen Belohnung setzte ich mich auf meine Hacken und schaute meinen Partner an.

Der zog sich derweil seelenruhig die Hosen hoch. Als wieder alles ordentlich war, meinte er abfällig: „Das nennst du Blasen? Ich weiß nicht, wer dir das beigebracht hat, aber du solltest dringend Nachhilfe nehmen! Das war nichts!"

„Was? Aber…"

„Keine Sorge, ich bezahle dich, versprochen! Aber deine Leistung ist keine zwanzig Taler wert! Mit viel Wohlwollen sind fünf mehr als genug!"

Ich war zu perplex, um zu protestieren. Stattdessen streckte ich mechanisch meine Hand aus, als er den entsprechenden Schein aus seiner Brieftasche zog. Anstatt ihn mir aber in die Hand zu drücken, fuhr er damit über seine noch klebrige Eichel. Erstaunt verfolgte ich sein Handeln, aber im nächsten Moment erstarrte ich – er klebte mir den Schein nämlich mitten auf die Stirn!

In mir tobten Wut und Scham – noch nie hatte man mich so erniedrigt! Allerdings war ich von dem Geschehen so überrascht, dass ich mich nicht rühren konnte.

Der ältere Herr indes öffnete die Tür und verließ den Raum. Erst als er draußen war, fand ich die Kraft, den Geldschein von der Stirn zu nehmen.

Im gleichen Augenblick wurde die Tür erneut geöffnet. Ich dachte, dass mein Sexpartner zurückkommen und sich entschuldigen wollte, aber stattdessen trat ein Mann mittleren Alters ein.

„Du bläst gegen Geld?", begann er ohne Umschweife, „Wieviel willst du haben?"

„Ich…"

„Ich werde dir einen Zwanziger geben, das ist der übliche Tarif."

Damit ließ er seine Hosen fallen und präsentierte mir sein Glied.

Mein Blick haftete darauf wie der Blick eines Kaninchens auf der Schlange.

„Na los, nun mach schon!", drängelte der Typ.

In meinem Kopf überschlugen sich die Gedanken. Einerseits wurde mir bewusst, dass ich mich gerade wie ein Strichjunge benahm, andererseits brachte mir das einen Teil der dringend benötigten Geldsumme für meine Autoreparatur ein. Hinzu kam, dass mir der Mann vorher eine schlechte Leistung beim Oralsex attestiert hatte – jetzt wollte ich mir selber beweisen, dass das nicht stimmte! Das Geld war aber ein sehr willkommener Nebeneffekt!

Ohne weiter nachzudenken, machte ich mich an die Arbeit! Ich gab alles und verwöhnte den Kerl nach Strich und Faden. Als es ihm endlich kam, schluckte ich wieder. Sein Samen schmeckte besser als der seines Vorgängers, kam aber auch nicht an Bernds Saft heran.

Ich ließ es mir nicht nehmen, zum Schluss seinen Penis mit einem Papiertaschentuch sehr gründlich zu säubern.

Als ich fertig war, richtete er seine Kleidung und zog sein Portemonnaie.

„Der Typ, der hier vorhin rauskam, meinte, dass du nicht besonders helle bist. Ein Fünfer würde reichen, aber ich will mal nicht so sein: Ich gebe dir einen Zehner!"

„Aber – es waren zwanzig Tacken ausgemacht!", wagte ich zu protestieren.

Ein leises Lachen ertönte, bevor er amüsiert meinte: „Dann solltest du vorher kassieren, nicht hinterher! Soviel Dummheit muss bestraft werden! Lerne daraus!"

„Aber..."

Jetzt wurde sein Ton drohend: „Du solltest jetzt dein Maul halten! Wenn ich dem Wirt sage, dass du dich hier prostituierst, zeigt er dich an und du bekommst zusätzlich lebenslang Hausverbot. hast du das verstanden, du Schlampe?"

Bei seinen Worten war mir angst und bange geworden! Deshalb nickte ich eilig: „Ja, alles klar, Vielen, vielen Dank für den Zehner!" Beinahe hätte ich ihm die Füße geküsst!

„Na also, geht doch! Und merk dir: Immer Vorkasse!"

Dann verließ er den Raum. Kaum war er draußen, hechtete ich zur Tür und verriegelte sie. Auf gar keinen Fall sollte noch ein Mann von mir bedient werden wollen.

Als die Tür verriegelt war, rutschte ich an ihr herunter. Dann saß ich für längere Zeit nackt und weinend auf dem Boden. Was war nur aus mir geworden? Ich hatte mich an zwei Männer verkauft, die mich schamlos um den Großteil des versprochenen Lohns betrogen hatten.

Während ich heulend und mit meinem Schicksal hadernd dasaß, wurde wiederholt die Türklinke gedrückt. Das erinnerte mich daran, dass man mich für einen Strichjungen hielt, der in dieser Kammer anschaffen würde. Mich schauderte vor mir selber!

Als wieder einmal die Klinke gedrückt wurde, sprang ich wie ein gehetztes Tier auf! Ich wollte nur noch von hier weg! In Windeseile zog ich mich an. Als ich fertig war, stellte ich mich vor die Tür und atmete tief durch. Dann schloss ich auf und sprang rasch durch den Türrahmen. Im Flur drückten sich zwei Männer herum, die ich nicht anzusehen wagte.

„He, bist du der Bläser?", fragte einer.

„Ja, ich muss nur schnell was trinken", erwiderte ich, „dauert nicht lange!"

Die Antwort verstand ich nicht mehr, denn ich verließ eilig den Kellerraum und stand endlich wieder im Club. Sofort begab ich mich rasch zum

Ausgang. Draußen atmete ich kurz die frische Luft ein, bevor ich wegrannte. Ich wollte nur noch weg von diesem Laden!

Wie lange ich durch die Gegend lief, weiß ich nicht. In Erinnerung geblieben ist mir, dass ich den ganzen Weg wie ein Schlosshund geheult habe!

Irgendwann machte ich aber doch kehrt und schlich mich in die Nähe des Clubs zurück. Mein Wagen stand ja noch dort. Beim Einsteigen hoffte ich, dass mich niemand sah und die Karre anspringen würde. Zu meiner großen Erleichterung gelang beides!

Eilig fuhr ich nach Hause, wo ich ausgiebig duschte und mir mehrmals die Zähne putzte. Damit bekam ich den Geschmack des Spermas weg, was aber nicht so wichtig war, da ich das Schlucken ja gewohnt war. Was blieb, war die bittere Erkenntnis, dass ich mich für kurze Zeit prostituiert hatte und von den beiden Freiern auf unglaubliche Weise gedemütigt worden war. Vor allem der mit Sperma auf meine Stirn geklebte Geldschein war der Gipfel meiner Schande! Noch Tage später wischte ich mir immer wieder über die Stirn, weil ich den Schein immer noch dort zu fühlen glaubte.

Nach diesem letzten unschönen, aber extrem prägenden Erlebnis besuchte ich in meiner Heimat keinen Club mehr! Stattdessen steigerte ich mich noch mehr ins Lernen hinein, was meinen Noten sehr guttat. Ich wollte nach dem Abitur weit von Zuhause entfernt studieren, sodass ich nicht Gefahr lief, Bernd, einem anderen Bekannten oder gar meinen beiden Freiern zu begegnen. Am Studienort würde ich neu beginnen – und ich nahm mir fest vor, mich nie wieder prostituieren!!!

Mein Hang zur Weiblichkeit

Bis zum Abitur und damit mehr als ein Jahr lang mied ich die mir lieb gewordenen Orte aus Sorge, meinem Exfreund Bernd zu begegnen – zumal es nicht unwahrscheinlich war, dass sich jemand an seiner Seite befand. Ich wollte nicht denjenigen sehen, der meine Stelle eingenommen hatte, denn das hätte mich zu sehr verletzt.

Um mich von meinem Herzschmerz abzulenken, lernte ich sehr viel. Zwischendurch trieb ich mich zwecks Zerstreuung immer öfter in Sexshops herum. Dort konnte ich stundenlang in der unglaublich breitgefächerten und vielfältigen Auslage der Zeitschriften und Bücher stöbern. Es war wunderbar, all die knackigen Männer zu sehen – mit denen ich in Sachen Muskeln nicht mithalten konnte, denen ich mich jedoch umso lieber hingegeben hätte. Immerhin regten die Titelbilder und Inhalte der Zeitschriften und Bücher meine Fantasie an. Fast nach jedem Besuch eines Sexshops war ich so heiß, dass ich an mir herumspielen musste. Dabei wandelte ich in einer Traumwelt, wo mich all die Männer begehrten, die ich vorher in den Zeitschriften gesehen hatte.

Bei der Betrachtung der ausgelegten pornografischen Bücher und Zeitschriften stieß ich immer wieder auf Titel, bei denen Männer als Frauen gekleidet posierten. Am Anfang überging ich diese Ausgaben, aber aus unerklärlichen Gründen fühlte ich mich mehr und mehr von ihnen angezogen. Dass ich auf Männer stand, war unbestreitbar, aber Männer in Frauenkleidung? War ich vielleicht ein verkappter Bisexueller? Andererseits fühlte ich mich von den Mädchen in meiner Klasse, die ja bereits allesamt junge Frauen waren, überhaupt nicht erregt. Lediglich ihre Kleidung bedachte ich immer wieder mit heimlichen Seitenblicken – und im Sommer beneidete ich sie an den heißen Tagen wegen ihrer kurzen und teilweise ultrakurzen Röcke. Wie es sich wohl anfühlte, einen Minirock zu tragen und beim Sitzen Gefahr zu laufen, dass einem jemand unter den Rock schauen konnte? Oder die Einblicke gar selber zu steuern und den Männern manchmal einen kurzen Blick zwischen die Beine zu erlauben? Der Gedanke an solche Spielchen erregte mich!

Meine Gedanken kreisten in der Zeit immer mehr um die Frage, wie es wohl sei, ein Mädchen zu sein. Daher beschloss ich eines Tages, mir ein

Heft mit Männern in Frauenkleidung zu kaufen. Die darin abgebildeten Personen nannten sich Sissys und präsentierten sich in aufreizenden oder sehr devoten Posen. Sie trugen entweder weibliche Reizwäsche, weibliche Fetischkleidung oder sie waren als erwachsene Babys zurechtgemacht. Für mich war das eine neue Welt, die mich faszinierte. Anfangs unbemerkt tauchte ich immer tiefer darin ein. Dabei schlugen mich alle drei Varianten in ihren Bann, aber ganz besonders betörend fand ich die Personen in weiblicher Unterwäsche, wenn sie in unterwürfigen Posen abgebildet waren. Bei ihrem Anblick schlug mein Herz besonders hoch und in mir wuchs der Wunsch, selber Damenunterwäsche auszuprobieren.

Aber noch einen anderen Effekt hatten diese Magazine auf mich: Beim Anblick der Sissys in unterwürfigen Posen wünschte ich mir sehnlichst, an ihrer Stelle zu sein! Dass ich eine devote Ader haben würde, vermutete ich schon lange, aber beim Anblick der entsprechenden Fotos war ich grenzenlos verzückt. Genau so wollte ich auch sein! Diese Erkenntnis machte mich einerseits nachdenklich, bestärkte mich aber andererseits in meinem Bestreben, meiner weiblichen Seite freien Lauf zu lassen. Nun legte ich auch beim Anblick von unterwürfigen Sissys Hand bei mir an. Das Ergebnis war umwerfend!

Allerdings war der Kauf von Damenunterwäsche ‚damals' nicht ganz einfach. Es gab noch kein Internet, dafür aber Sexshops, große Kaufhäuser und Versandhauskataloge. Letztere schieden aus, denn da ich als Abiturient noch zu Hause wohnte und tagsüber in der Schule war, hätte meine Mutter das Paket angenommen und mit Sicherheit Fragen zu seinem Inhalt gestellt. Die hätte ich ihr aber naturgemäß nicht beantworten können. Selbst der Hinweis, dass es Kleidung sei, wäre ungünstig gewesen. Da sie darauf bestand, meine Wäsche zu waschen, hätte ich normale Kleidung zum Vorzeigen kaufen und nur wenig Unterwäsche mitbestellen können – aber eine solche Vorgehensweise hätte meine finanziellen Möglichkeiten bei weitem überstiegen, zumal ich ja auch noch die ständigen Reparaturen an meinem rollenden Schrotthaufen zu bezahlen hatte. Auch wenn mir meine Eltern immer wieder etwas Geld für die Werkstatt zusteckten, blieben noch genug Kosten übrig, die ich selber zu tragen hatte.

Bei einem Kauf in einem Sexshop hätte ich keine Probleme wie mit dem Versandhandel gehabt. Allerdings gab es in diesen speziellen Kaufhäusern keine normale Unterwäsche, sondern ausschließlich Reizwäsche, aber die in allen erdenklichen Variationen. Leider hatte das alles seinen Preis – und der war nicht gerade niedrig. Dennoch erwarb ich dort das eine oder andere Stück, aber es war keine Lösung für meinen Wunsch nach Aufbau meiner eigenen kleinen Damengarderobe. Ich wollte schließlich eine anständige Sissy sein und nicht wie eine Schlampe wirken – also musste ‚anständige‘ Unterwäsche her.

Damit blieben nur noch die großen Kaufhäuser, von denen es damals in jeder Stadt mehrere gab. Nun war es aber etwas ungewöhnlich, sich als Mann, der ich ja äußerlich war, ohne weibliche Begleitung in der Abteilung für Damenunterwäsche aufzuhalten. Von den Verkäuferinnen wurde man nämlich sofort registriert, aber für eine kurze Zeit duldeten sie die Anwesenheit eines Mannes. Blieb man jedoch etwas länger dort, wurde man sofort angesprochen. Wenn mir das passiert wäre, hätte ich wohl mit hochrotem Kopf Reißaus genommen. Also drehte ich den Spieß um und wandte mich direkt an eine Verkäuferin. Das lief dann ungefähr so ab: „Entschuldigen Sie bitte, können Sie mir helfen?"

Ein musternder Blick traf mich. „Was kann ich für dich tun?"

Nun druckste ich etwas herum: „Meine Freundin hat in ein paar Tagen Geburtstag, und ich wollte ihr gerne schöne Unterwäsche schenken." Mit Hilfe der Versandhauskataloge hatte ich eine Frauengröße herausgesucht, die auch mir passen sollte.

Die Verkäuferin schien sichtlich beeindruckt zu sein, dass ich die Konfektionsgröße meiner Freundin kannte. Sie führte mich zu einem Regal und zeigte mir verschiedene Stücke.

Ich sah mir alles scheinbar interessiert, aber in Wirklichkeit eher flüchtig an, denn ich hatte die große Sorge, dass mich jemand von meinen Mitschülern oder, schlimmer noch, ein Bekannter meiner Eltern in der Abteilung für Damenunterwäsche sehen könnte. Ich wollte einfach nur ein paar normale Slips und Unterhemden kaufen und fluchtartig den Laden verlassen.

Die Verkäuferin deutete meine Nervosität allerdings etwas anders: „Das muss dir nicht peinlich sein! Viele junge Männer kaufen ihrer Freundin hübsche und nicht selten gewagte Unterwäsche – schließlich haben die Männer ja auch etwas davon." Sie schenkte mir ein beruhigendes und zugleich sympathisches Lächeln.

Ich versuchte eine Erwiderung ihres Lächelns, aber es fiel wohl eher etwas gezwungen aus.

„Was trägt deine Freundin denn gerne für Farben oder Drucke?"

Das war die Stunde der Wahrheit. Ich raffte mich auf und sagte: „Rosé oder Flieder, und als Drucke Blumen oder Tieren." Die korrekte Bezeichnung der Farben verdankte ich ebenfalls dem Studium der Versandhauskataloge. Die Verkäuferin vermutete aber wohl eher, dass mir das meine angebliche Freundin gesagt hatte.

Es dauerte noch ein paar sich endlos hinziehende Minuten, aber dann konnte ich ohne Aufsehen zu erregen drei Höschen auswählen. Die Verkäuferin begleitete mich an die Kasse. Während sie den Betrag abzog, fragte sie: „Soll ich sie als Geschenk einpacken?" Das war zwar eigentlich unnötig, aber ich hatte die Slips ja als Geschenk für meine angebliche Freundin deklariert, sodass eine Ablehnung vielleicht das Misstrauen der Verkäuferin geweckt hätte. Also nickte ich und murmelte ein: „Ja, bitte!".

Nun wurden die Höschen rasch in Geschenk-papier gehüllt. Danach konnte ich endlich mit zitternden Knien, aber einem Hochgefühl im Herzen das Kaufhaus verlassen. Endlich hatte ich meine ersten ‚normalen' Damenhöschen! Es waren zwei rosafarbene Slips mit Blumendruck und ein fliederfarbenes Höschen mit darauf ab-gebildeten weißen Schmetterlingen.

Im Laufe der kommenden Monate erwarb ich in unterschiedlichen Kaufhäusern der Nachbarstäd-te einen schwarzen Minirock, ein weißes Tennis-röckchen und, ganz mutig, meinen ersten Büs-tenhalter. Während die Wäsche tadellos passte, war das beim BH leider nicht der Fall – bei der Wahl der Größe hatte ich mich etwas vertan, und da ich ihn im Geschäft logischerweise nicht an-probieren konnte, war das ein Fehlkauf. Aber nur ein leichter, denn auch wenn der BH unange-nehm eng war, unter den Armen kniff und beim Ablegen deutliche Spuren hinterließ, war er für mich gerade deswegen das Symbol meiner neu-en Weiblichkeit – durch das Kneifen erinnerte er mich nämlich stets daran. dass ich kein Män-nerunterhemd, sondern ein typisch weibliches Kleidungsstück trug. Das Gefühl war einfach herrlich und überwog bei Weitem das unangenehme Tragegefühl!!!

Wann immer ich die Möglichkeit hatte, trug ich nun die Damenhöschen. Auch während der Schulzeiten hatte ich sie an – aber natürlich nicht, wenn Sportunterricht anstand. Durch das häufige Tragen war es jedoch notwendig, sie regelmäßig zu waschen. Da ich sie nicht in die Schmutzwäsche geben und damit meiner Mutter überlassen konnte, kaufte ich heimlich Waschmittel in der Tube – das gab es damals wirklich! – und wusch die Teile heimlich per Hand im Badezimmerwaschbecken. Danach hängte ich sie im meinem Zimmer hinter der Tür auf, wofür ich gewagte Konstruktionen bastelte. Sofern ein Elternteil mein Zimmer betrat, bevor ich die delikaten Wäschestücke verschwinden lassen konnte, bestand die Chance, dass sie hinter der Tür nicht entdeckt werden würden. Meistens wusch ich die Sachen aber nur, wenn niemand im Hause war oder abends vor dem Schlafengehen – dann konnten sie ungestört während der Nacht trocknen. Im Winter war es noch einfacher, weil ich sie einfach über die Heizung legen konnte.

Schon nach wenigen Wochen genügte es mir aber nicht mehr, Damenhöschen und BH zu tragen. Stattdessen entbrannte in mir das Verlangen nach Frauennachthemden. Die kosteten allerdings eine hübsche Stange Geld. Zudem war meine Begierde nach Damenoberbekleidung auch noch nicht gestillt.

Um den steigenden Finanzbedarf für mein Auto und die Damenwäsche zu decken, nahm ich schließlich einen Schülerjob an. Meine Eltern sahen das einerseits kritisch, aber andererseits fanden sie es gut, dass ‚der Junge' aus freien Stücken das Arbeiten lernen wollte. Da ich wegen fehlender Männerbekanntschaften und Liebesverhältnisse viel Zeit hatte, litten auch meine gerade besser gewordenen Noten nicht unter dem Job.

Mit dem verdienten Geld konnte ich mir so manches Kleidungsstück leisten, auf das ich sonst hätte verzichten müssen. Natürlich blieb das Problem des Kaufes an sich, denn ich wollte nicht zu oft im gleichen Kaufhaus sein – nachher wurde ich noch zum Stammkunden und das barg das Risiko, auch außerhalb des Geschäftes erkannt zu werden. Aber dank der beiden großen Städte Hannover und Braunschweig vor meiner Haustür und der dortigen großen Anzahl von Geschäften konnte ich das Risiko gering halten.

Wenn ich ein Geschäft Wochen nach dem letzten Besuch erneut aufsuchte, wandte ich mich an eine andere Verkäuferin und erzählte ihr die Geschichte von einer gescheiterten Beziehung und der nun neuen Freundin. Auf diese Weise sollte dem Austausch von Informationen zwischen den Verkäuferinnen mittels Klatsch vorgebeugt werden. Ob das wirklich geklappt, hat, wusste ich nicht, aber ich bildete es mir ein.

Natürlich interessierten sich meine Eltern, allen voran mein Vater, für den Verbleib des Geldes. Aber auch dafür hatte ich einen Plan: Ich hatte ein Sparbuch, auf das ich immer ein wenig Geld einzahlte. Den Rest, log ich, hätte ich für das Auto ausgegeben. Um ein Auffliegen durch Rückfragen beim Freund meines Vaters, dem Leiter meiner Stammwerkstatt, vorzubeugen, erfand ich einen Freund, der gerne an Autos herumschraubte und günstig Teile vom örtlichen Schrottplatz holte. Eigentlich fand ich diese Geschichte ziemlich weit hergeholt, aber mein Vater glaubte sie!

Schließlich hatte ich es tatsächlich geschafft und mir einen kleinen Grundstock an Damengarderobe zugelegt! Als es soweit war, hörte ich mit dem Kaufen auf. Das war weniger eine Frage des Geldes, sondern eine Platzfrage – mein Kleider-

schrank war ja für meine ‚normale' Männerklei-
dung ausgelegt, nicht jedoch für eine Parallel-
ausstattung mit Damenwäsche. Zwar ging meine
Mutter schon seit meinem sechzehnten Lebensjahr nicht mehr an meinen Schrank, sondern
legte mir die gewaschene und gebügelte Wäsche
auf mein Bett, weil ich sie selber wegräumen
sollte. Allerdings bestand dennoch die Gefahr,
dass sie mal aus irgendeinem Grund die
Schranktür öffnen würde – und dann sollten ihr
nicht meine Damensachen ins Auge springen.
Also versteckte ich sie hinter der Männerwäsche,
was jedoch den verfügbaren Platz ziemlich ein-
schränkte. Dennoch war ich sehr zufrieden mit
meinen weiblichen Wäschestücken – und niemand ahnte etwas von meinem Doppelleben!

Was ich hingegen nicht ausleben konnte, war
meine devote Seite. Zwar hatte ich als Kind des
Öfteren Schläge auf den Po bekommen, aber da
ich, wohl wegen meiner devoten Neigung, stets
ums Brav sein bemüht war, hielten sich diese
Gelegenheiten in Grenzen. Seit meinem vier-
zehnten Lebensjahr hatte ich keine Schläge mehr
bekommen, nicht mal eine Ohrfeige. Im Nachhinein verklärte ich die Hiebe auf meinen Po und
merkte dann, wie mein Glied beim Gedanken an

die Schmerzen ganz heiß wurde und sich versteifte. Wenn ich es nicht mehr aushielt, betrachtete ich die Bilder der unterwürfigen Sissys in den Magazinen und spielte an mir herum. Die dadurch entstandenen Höhepunkte waren wunderbar, viel intensiver als die, die ich mit meinem Exfreund gehabt hatte! Dennoch wollte ich auch die Zärtlichkeiten und das Kuscheln nicht missen – vielleicht brauchte ich einfach einen Mann, der mich als Frau ansah und mich für etwaigen Ungehorsam bestrafte. Da ich ja selber steuern könnte, wann ich brav und wann zickig sein würde, hätte ich heimlich die Zügel in der Hand. Allerdings hatte ich große Angst, an den Falschen zu geraten – wenn mich ein Mann für eine Sklavin hielt, könnte er versucht sein, mich auch so zu behandeln. Dann wäre ich nur ein Spielball seiner Lust und Laune, und dagegen sträubte sich der Romantiker in mir. Ich würde sehr gut aufpassen müssen, wem ich meine Neigung gestehen und mit wem ich mich auf eine entsprechende Beziehung einlassen würde. Aber noch war das alles Zukunftsmusik, denn noch lebte ich in meinem Elternhaus, bereitete mich auf das Abitur vor und genoss mein heimliches Faible für Damenwäsche. In Gedanken träumte ich mich in eine Traumwelt, in der mein Märchenprinz mich auf Händen trug und unglaublich zärtlich mit mir umging. Wenn ich mich dann aber dazu verleiten ließ, zickig zu werden, machte er in Windeseile mit Gürtel oder Stock wieder eine liebevolle und brave Frau aus mir.

Auf diese Weise verbrachte ich meine Freizeit bis zum Abitur. Danach zog es mich an eine Universität in einer fernen Stadt, wo ich weder meinem Exfreund, Freunden meiner Eltern oder den Verkäuferinnen aus den Warenhäusern begegnen würde. In der Ferne würde ich ganz neu anfangen – das war mein Plan. Um ihn umsetzen zu können, brauchte ich jedoch ein halbwegs passables Abiturzeugnis – es verwundert deshalb sicher nicht, dass mich meine Zukunftspläne zu noch mehr Lernen anspornten!

Endlich darf ich ein Mädchen sein!

Es hatte lange gedauert, aber schließlich hatte ich die Zusage für einen Studienplatz bekommen! Das Verfahren hatte sich länger als gedacht hingezogen und ganz schön an meinen Nerven gezehrt. Aber nun hatte ich es schwarz auf weiß: Ich war angenommen worden!

Da die Universität am anderen Ende des Landes lag, konnte ich natürlich nicht zu Hause wohnen bleiben und pendeln, sondern musste mir vor Ort ein Zimmer mieten. Das war nicht einfach, denn die Konkurrenz war sehr groß und umtriebig. Das Studentenwohnheim war hoffnungslos überfüllt und die Warteliste füllte mehrere Ordner, also musste ich mir wie viele andere angehende Studenten eine Unterkunft bei Privatleuten suchen. Weil ich das wegen der Entfernung nicht von zu Hause aus machen konnte, quartierte ich mich mit finanzieller Unterstützung meiner Eltern mehrere Male in einem preiswerten Hotel ein, um vor Ort meine Zimmersuche zu betreiben. Ich lief mir dann tagelang die Füße platt, aber es war einfach kein Zimmer zu finden, weder für mich alleine noch in einer Wohngemeinschaft. Stattdessen häufte sich Absage auf Absage und der

Semesterbeginn rückte unaufhaltsam näher. Das machte mich langsam nervös, und ich überlegte bereits, ob ich mich für den Anfang in einer kleinen Pension einmieten sollte, bis ich eine passende Bleibe gefunden hätte. Allerdings hatten selbst die günstigsten Herbergen astronomisch hohe Preise, die weder ich noch meine Eltern aufbringen konnten. Meine Nervosität steigerte sich zu einer Panik und schließlich zu Verzweiflung.

Aber dann, als ich kaum noch darauf zu hoffen gewagt hatte, geschah ein kleines Wunder: Ein netter, älterer Herr hatte die wiederholten Aufrufe der Universität zur Bereitstellung von Zimmern für Studenten gelesen und sich nach langem Überlegen bereit erklärt, ein Zimmer seines Hauses zu vermieten. Seine Wahl fiel dabei auf mich, und ich war nach der Unterzeichnung des Mietvertrages der glücklichste Mensch auf der Welt!

„Das Zimmer ist nicht besonders groß, nur knapp dreißig Quadratmeter. Es hat also weder ein eigenes Bad noch eine Küchenzeile, aber das kannst du alles bei mir benutzen. du musst nur Ordnung halten!", mahnte mein Vermieter mit erhobenem Zeigefinger.

„Ja, natürlich, kein Problem!", versicherte ich eilig.

„Eigentlich wollte ich ja nicht vermieten, weil ich keine Fremden im Haus mag, aber die Aufrufe der Universität waren so eindringlich, dass ich mich überwunden habe. Enttäusche also nicht mein Vertrauen!"

„Nein, seien Sie unbesorgt, Herr Wagner, ich werde mich anständig benehmen", versprach ich.

„Na gut, hoffen wir mal das Beste! Ach ja: Im Keller stehen Waschmaschine und Trockner, die du ebenfalls benutzen kannst. Du kannst doch damit umgehen?"

Ich nickte, denn tatsächlich hatte ich mir von meiner Mutter die Nutzung dieser Geräte erklären lassen. Zwar war ich davon ausgegangen, einen der vielen Waschsalons im Stadtgebiet nutzen zu müssen, wo man mit Münzgeld seine Wäsche reinigen konnte, aber so war es für mich natürlich viel bequemer und sparte neben Geld auch noch viel Zeit.

Nachdem alles geklärt war, zog ich bei Herrn Wagner ein. Natürlich war ich sehr aufgeregt, denn zum einen begann für mich mit dem Studium ein neuer Lebensabschnitt, zum anderen wohnte ich erstmals zur Miete, und das auch noch bei einer mir vollkommen fremden Person.

Auch wenn ich der Mieter von Herrn Wagner war, entwickelte sich im Laufe der ersten Wochen durch die gemeinsame Nutzung von Bad, Küche und Waschmaschine nebst Trockner eher ein Zusammenleben. Beinahe hatte ich den Eindruck, dass er mich als seinen Sohn ansah – seine verstorbene Frau konnte keine Kinder bekommen, und so war sein großer Wunsch nicht in Erfüllung gegangen. Vielleicht füllte ich nun unbewusst diese Lücke in seinem Leben. Das und der große Altersunterschied zwischen uns war wohl auch der Grund, weshalb er mich wie selbstverständlich duzte, während ich ihn respektvoll siezte.

Anfangs war es ein komisches Gefühl und zudem etwas unpraktisch, im Schlafanzug ins Badezimmer zu gehen und halbwegs ordentlich gekleidet wieder herauszukommen, denn in Unterhose oder gar nackt mochte ich mich meinem Vermieter anfangs nicht zeigen. Nachdem ich aber gesehen hatte, dass er diese Scham umgekehrt nicht empfand, wurde ich mutiger und lief des Öfteren nur mit einem Slip bekleidet hin und her. Obwohl – da es sich um Herrenunterhosen handelte, war das für mich auch gewöhnungsbedürftig. Eigentlich liebte ich Damenwäsche und hätte mich zu gerne wie ein Mädchen angezogen, aber das war mein großes Geheimnis. Zu Hause hatte ich meine Neigung nicht ausleben können, denn meine Eltern hätten schon meine homosexuellen Gefühle nicht verstanden, wie sollten sie da akzeptieren können, dass ich Damenwäsche bevorzugte? Ich vermied damals das Problem, in dem ich daheim nur selten Damenunterwäsche und dann auch nur Höschen trug, denn ein BH wäre aufgefallen. Da meine Mutter die gesamte Wäsche und damit auch meine Kleidung wusch, musste ich die einzelnen Höschen heimlich per Hand waschen. Darin hatte ich rasch eine gewisse Routine entwickelt, nur das Trocknen bereitete oft Probleme, da ich die delikaten Kleidungsstücke ja nicht auf die Leine hängen konnte. Dennoch hatte es immer irgendwie geklappt, auch wenn ich manches Mal nur um Haaresbreite der Aufdeckung meines Geheimnisses entronnen war. Immerhin hatte ich mir im Laufe der Zeit vom Geld eines Schülerjobs einiges an Unterwäsche sowie Nachtwäsche, aber auch etwas Oberbekleidung zulegen können

Nun war ich im Studium, weit weg von Zu Hause und selber für meine Wäsche verantwortlich. Die ganze Zeit vor dem Semesterbeginn hatte ich mich darauf gefreut, in meiner eigenen Wohnung von oben bis unten in Frauenkleidung leben zu können. Tja, und dann das: ein Zimmer in einem Haus mit Gemeinschaftsräumen, in denen der Vermieter herumlief. Also beschränkte ich das Ausleben meiner weiblichen Seite wie bisher auf das Tragen von Frauennachtwäsche in meinem Zimmer und Damenhöschen unter meiner normalen Männerbekleidung. Nur, wenn ich leichtbekleidet durch die Wohnung lief, wechselte ich für kurze Zeit von Frauenschlüpfer auf Männerunterhosen, um meinen Vermieter nicht zu irritieren.

Dementsprechend war meine Gefühlswelt In den ersten vier Wochen ziemlich durcheinander: Die Freiheit der eigenen Wohnung hatte sich nur teilweise erfüllt, und auch mein sehnsüchtiger Wunsch, endlich meine weibliche Seite angemessen ausleben zu können, wurde immer noch arg beschnitten. Zudem war das Studium anders als die Schule, da man sich viel Wissen völlig selbständig aneignen musste. Der Umstand, dass ich mich in einer für mich fremden Stadt unter mir unbekannten Leuten befand, erleichterte meine Situation auch nicht gerade.

Während des Studiums wollte ich meine homosexuelle Neigung intensiver ausleben, aber auch das lief nicht wie gewünscht. Zwar traf ich bei den Vorlesungen viele Leute, aber das waren fast immer flüchtige Begegnungen, da man im Hörsaal anders als in der Schule keine festen Plätze und damit immer andere Sitznachbarn hatte. Natürlich war darunter so mancher junge Mann, bei dessen Anblick ich sofort Schmetterlinge im Bauch hatte, aber ich traute mich nicht, meinen jeweiligen Schwarm anzusprechen. Ich wollte erst seine sexuellen Vorlieben ausloten, um nicht versehentlich an einen Hetero-Mann zu geraten und gleich im ersten Semester vor allen anderen geoutet und dann womöglich von ihnen gemobbt zu werden. Leider blieb es immer bei den flüchtigen Kontakten, die keinen Aufschluss über die Vorlieben meines jeweiligen Schwarms zuließen. Damit blieb der Wunsch nach Liebe unerfüllt. Mein einziger Trost war, dass ich während der Vorlesungen von allen unbemerkt einen Damenslip trug und zumindest insoweit einen kleinen Teil meine Sexualität auslebte. Da ich zudem die Wäsche selber in die Waschmaschine steckte und später in den Trockner umfüllte, wusste nur ich, was sich alles in meinem Wäschekorb befand. Das war für mich gegenüber der heimischen Situation ein großer Fortschritt!

So ging das erste Semester dahin und schließlich standen die Prüfungen an. Eine meiner Prüfungsleistungen bestand in der Anfertigung einer schriftlichen Hausarbeit von fünfzehn bis zwanzig Seiten. Dementsprechend benötigte ich viele Quellen, aber leider hatte ich mich in der ersten Hälfte des Semesters mehr auf Studentenpartys herumgetrieben und das Lernen beziehungsweise das Anfertigen der Hausarbeit vernachlässigt. Als ich die schwindende Zeit bemerkte, brach Panik in mir aus und ich stürzte mich in die Arbeit. Jede freie Minute verbrachte ich jetzt mit der Literaturrecherche. Mein Zimmer glich schon bald einer Außenstelle der Universitätsbibliothek.

Schließlich kam der Tag, der mein Leben verändern sollte: Ich hatte mich an einem Freitag wie üblich in die Erstellung meiner Hausarbeit vertieft und nebenbei meine Waschmaschine angestellt. Plötzlich bemerkte ich, dass mir für die Arbeit eine wichtige Quelle fehlte! Das fehlende Buch wurde mehrmals von anderen Autoren zitiert, sodass ich es unmöglich ignorieren konnte! Da ich die Hausarbeit wegen des Abgabetermins am kommenden Dienstag unbedingt an diesem Wochenende fertigstellen musste, sprang ich kurzentschlossen auf, griff meinen Autoschlüssel und raste zur Universität. Während der gesamten Fahrt sandte ich Stoßgebete zum Himmel, dass es noch ein Exemplar des Buches in der Bibliothek geben würde! Für gewöhnlich waren nämlich die wichtigsten Werke eines Semesters frühzeitig ausgeliehen und bis zu den Prüfungen reserviert.

An diesem Tag hatte ich aber Glück, denn im Semesterapparat, der für jede Vorlesung von der jeweiligen Lehrkraft zusammengestellt wurde, fand sich eine Ausgabe des gesuchten Buches. Da die Titel im Semesterapparat nur gesichtet, aber nicht ausgeliehen werden konnten, war meine Hausarbeit gerettet! Rasch suchte ich die für mich relevanten Passagen heraus und machte mir Notizen. Aber obwohl das Buch über ein Stichwortverzeichnis verfügte, nahm die Recherche weit mehr Zeit in Anspruch, als ich vermutet hatte. Endlich jedoch war ich mit der mühseligen Arbeit fertig und machte mich sofort auf den Heimweg.

Kaum hatte ich das Haus betreten, stand mein Vermieter vor mir. Sein finsterer Blick verhieß nichts Gutes! In Gedanken ging ich rasch mein gesamtes Verhalten der letzten Tage durch, aber mir fiel partout keine Verfehlung ein.

„Rick, wir müssen reden!"

„Ist gut, Herr Wagner, ich komme nachher zu Ihnen."

„Nein, sofort!"

Sein Ton duldete keinen Widerspruch.

„Wir reden im Wohnzimmer!"

Er drehte sich um und ging los. Immer noch verwirrt trottete ich gehorsam hinterher.

Im Wohnzimmer angekommen, setzte sich mein Vermieter in einen Sessel. Mir bot er keinen Platz an, sodass ich verlegen und zudem recht nervös vor ihm stand.

„Rick, hast du in deinem Zimmer eine Unter-mieterin?", begann Herr Wagner ohne Um-schweife das Gespräch.

Verdattert starrte ich ihn an.

„Rick, hast du meine Frage gehört?"

„J-ja, Herr Wagner, aber ich verstehe sie nicht. Natürlich habe ich keine Untermieterin – warum fragen Sie?"

„Für wen wäscht Du?"

Die Fragen schienen immer skurriler zu werden.

„Für mich."

„Ach ja?"

„Ja, natürlich."

„Dann erklär mir doch mal, wie Frauenschlüpfer und eindeutig weibliche Nachthemden in deine Wäsche kommen!"

„Sie – Sie gehen an meinen Kleiderschrank?"

„Nein, aber deine Waschmaschine war fertig, aber du warst nicht da. Als du eine Stunde später immer noch nicht zurück warst, wollte ich nett sein und habe die Wäsche in den Trockner umfüllen wollen. Dabei habe ich die merkwürdigen Wäschestücke gesehen. Also, ich höre!"

Jetzt ging mir ein Licht auf! Wegen meines eiligen Aufbruchs zur Bibliothek hatte ich die von mir angestellte Waschmaschine vollkommen vergessen! Natürlich war das Waschprogramm während meiner Abwesenheit abgelaufen! Normalerweise ignorierten wir gegenseitig die gefüllte Waschmaschine des anderen ebenso wie den Trockner, aber da ich ohne ein Wort zu sagen verschwunden und länger als gedacht weggewesen war, wollte Herr Wagner tatsächlich nur nett sein. Zumal er wusste, unter welchem Zeitdruck ich für die Hausarbeit stand, denn ich musste parallel dazu ja auch noch für zwei Klausuren lernen.

„Hallo, ich rede mit dir!"

In meinem Kopf ging es drunter und drüber! Wie sollte ich meinem Vermieter erklären, dass das meine Wäschestücke waren?

Plötzlich schnipsten Finger vor meinem Gesicht. Erschrocken wachte ich wie aus einer Trance auf. Vor mir stand ein sichtlich ungehaltener Herr Wagner

„Hast du die Sprache verloren oder bist du einfach nur verstockt?"

„Äh – verstockt?", fragte ich verständnislos, denn eigentlich hatte mir die Entdeckung meiner Frauensachen nur die Sprache verschlagen.

„Soll ich den Gürtel nehmen und die Antwort auf meine Frage aus dir rausprügeln?"

„Äh – nein, bitte nicht!"

„Dann antworte gefälligst!"

„Ich – ich habe eine Wette verloren und..."

Weiter kam ich nicht, denn Herr Wagner unterbrach mich barsch: „Erzähl mir keinen Scheiß! Die Wahrheit, Rick, die Wahrheit! Wenn du die nicht sagst, kannst du sofort ausziehen!"

Das hatte gesessen! Einen Auszug mit anschließender Wohnungssuche bei leergefegtem Wohnungsmarkt und mitten im Prüfungsstress war das Letzte, was ich gebrauchen konnte! Da ich mir vor Schreck beinahe ins Höschen gemacht hätte, entschloss ich mich, ihm alles zu beichten!

„Ich – die Sache ist die – äh, ich – das, also, das ist mir – sehr peinlich..."

„Nur zu!", ermunterte mich mein Vermieter. Seine Stimme hatte dabei etwas an Schärfe verloren.

„Ich – ich bin schwul", murmelte ich. So, nun war mein Geheimnis teilweise gelüftet!

„Ich habe dich nicht verstanden! Wiederhole das nochmal!"

Verlegen wand ich mich, aber da ich es nun schon einmal ausgesprochen hatte, wiederholte ich mit etwas festerer Stimme: „Ich bin schwul." Da ich gerade beim Beichten war, schob ich hinterher: „Ich - ich wäre gerne ein Mädchen und liebe es deshalb, Frauensachen zu tragen. Was Sie in der Waschmaschine gefunden haben, sind alles meine Sachen."

Für dieses Geständnis erntete ich einen nachdenklichen Blick. Schließlich fragte mein Vermieter: „Wer weiß alles von deinen sexuellen Neigungen?“

„Bislang niemand“, flüsterte ich, „und jetzt nur Sie.“

„Auch nicht deine Eltern?“

„Nein, sie würden es nicht verstehen“, flüsterte ich.

„Was ist mit deinen Kommilitonen?“

Ich schüttelte den Kopf.

„Hm, ich habe dich doch aber oft genug in Unterhosen hier in der Wohnung gesehen – das war immer Herrenwäsche!“

„Ich – ich habe mich nicht getraut, Ihnen in Damenwäsche unter die Augen zu kommen.“

„Aus Scham?“

„Aus Scham und aus Angst vor Ihrer Reaktion“, flüsterte ich.

„Für seine Neigung braucht man sich nicht zu schämen, und vor meiner Reaktion brauchst du auch keine Angst zu haben. Mir ist es egal, was du trägst, solange die Wäsche sauber und ordentlich ist. Was ich aber nicht ausstehen kann, sind Lügen! Natürlich würde ich deinem Geständnis gerne glauben, aber vielleicht benutzt du die Waschmaschine ja doch auf meine Kosten für jemand anderen. Kannst du also deine Behauptung mit der Damenwäsche beweisen?"

Ich schluckte. Wie sollte ich das denn machen?

Noch während ich fieberhaft überlegte, kam mir mein Vermieter zu Hilfe: „Du hast gesagt, dass du Damenschlüpfer trägst, sofern du nicht vor meinen Augen in der Wohnung herumläufst, richtig?"

Mehr als ein langsames Nicken brachte ich nicht zustande.

„Dann trägst du jetzt also auch ein Frauenhöschen?"

„J – ja", presste ich hervor.

„Zeig es mir!"

Fragend schaute ich ihn an.

„Na los: Hose runter!"

Noch nie hatte ich mich einem anderen Menschen in meiner Damenwäsche gezeigt, weshalb ich jetzt ziemlich verlegen war und zögerte.

„Du hast mir dein Geheimnis doch schon gebeichtet, also kannst du es mir jetzt auch ohne Schamgefühl beweisen", lockte mich Herr Wagner, „Oder hast du doch gelogen?" Sofort war da wieder die schneidende Schärfe in seiner Stimme.

„Nein", versicherte ich rasch, „ich habe nicht gelogen!"

„Worauf wartest du dann noch? Hose runter zum Beweis!"

„Ich…"

„Wird's bald?"

Ich sah keinen anderen Ausweg, um die Hoffnung, mein Zimmer behalten zu dürfen, am Leben zu erhalten! Also öffnete ich seufzend und mit vor Aufregung zittrigen Fingern den Gürtel sowie Knopf und Reißverschluss meiner Hose. ‚Immerhin', schoss es mir dabei durch den Kopf, ‚hat mich Herr Wagner bereits wiederholt in Unterwäsche gesehen. Das waren zwar immer Männerunterhosen, aber dann soll er mich jetzt eben auch im Damenslip sehen!'

Kurzentschlossen bückte ich mich also und zog die Jeans bis zu meinen Knöcheln herunter. Dann richtete ich mich auf und hielt instinktiv meine Hände schützend vor den Intimbereich.

„Wie soll ich denn da was sehen?", bellte mein Vermieter, „Los, Hände weg – leg sie am besten gleich auf deinen Kopf, dort stören sie nicht!"

Mechanisch gehorchte ich. Mein T-Shirt bedeckte nur unzulänglich meinen Intimbereich, sodass Herr Wagner beinahe ungehindert meinen rosafarbenen Slip mit dem Blumenmuster erkennen konnte.

„Umdrehen!"

Gehorsam drehte ich mich um 180 Grad. Ich spürte geradezu seine Blicke auf meinem Gesäß.

„Umdrehen!"

Wieder machte ich eine halbe Drehung und stand erneut mit Blickrichtung zu Herrn Wagner. Als ich sah, dass er auf meine Intimzone starrte, senkte ich verlegen den Blick.

Es verging eine gefühlte Ewigkeit, bis schließlich wieder seine Stimme erklang: „Gut, das überzeugt mich! Du hast also die Wahrheit gesagt! Braves Mädchen!"

Der letzte Satz löste in mir das Gefühl von großer Freude aus, denn so hatte mich noch niemand genannt! Allerdings war ich noch immer sehr skeptisch, wie es nun weitergehen würde, also wagte ich zu fragen: „Bitte, darf ich hier wohnen bleiben?"

Herr Wagner sah mich erstaunt an: „Natürlich, schließlich bist du ja ehrlich gewesen!" Dann wurde er ernst: „Aber nur unter zwei Bedingungen!"

Sofort verkrampfte sich vor Angst mein Magen.

„Welche?", fragte ich zitternd.

„Erstens: Wenn du hier in der Wohnung bist und keinen Besuch hast, wirst du ausschließlich Damenwäsche tragen! Einverstanden?"

Erstaunt blickte ich ihm ins Gesicht. Ob er das ernst meinte? Nachdem ich mir sicher war, dass dem so war, hauchte ich ein „Ja, einverstanden!"

„Gut. Zweitens: Ich hatte dir ja mal gesagt, dass ich mir Kinder gewünscht habe, aber dass dieser Wunsch unerfüllt geblieben ist."

Ich nickte.

„Ich will, dass du meine Tochter spielen wirst! Ich werde auf dich aufpassen, erziehen und versorgen, wie Väter das so machen. Bist du damit ebenfalls einverstanden?"

„Oh!"

„Das ist keine Antwort!"

Das war mir klar, aber ich war zu überrascht von dieser Wendung, sodass ich mich erst sammeln musste. Dabei raste mein Herz vor Freude! Der Vorschlag meines Vermieters versprach mir die Erfüllung meines großen Traumes! Also beeilte ich mich endlich, ihm meine Antwort zu geben: „Ja – ja, Herr Wagner, sehr gerne!"

„Das bedeutet aber auch, dass du mich nicht mehr ‚Herr Wagner', sondern ‚Papi' nennen musst. Ist das für dich ein Problem?"

Ich stutzte, aber dann erkannte ich die Logik dieser Forderung und antwortete brav: „Nein, Papi!"

Sein Gesicht strahlte jetzt.

„Gut, mein Kind. Dann brauchst du jetzt aber noch einen Mädchennamen, denn ich kann meine Tochter ja schlecht Rick nennen."

„Oh, da wüsste ich schon einen: Svenja!" Den Namen hatte ich mal irgendwo gelesen und fand ihn wunderschön.

„Hm, klingt fast wie der Männername Sven. Nein, der Name gefällt mir nicht." Er überlegte kurz, dann hatte er sich entschieden: „Ab sofort heißt du Emma!"

„Emma? Den Namen finde ich aber nicht sehr schön. Wie wäre es stattdessen mit Nadine?"

„Nein, du heißt Emma!"

„Warum darf ich mir den Namen nicht selber aussuchen?", nörgelte ich.

„Weil immer die Eltern über die Namen ihrer Kinder entscheiden. Also hast du kein Mitspracherecht!"

„Ja, schon", wandte ich etwas verlegen ein, „aber das gilt doch nur für Neugeborene. Ich bin ja immerhin erwachsen, könnte ich deshalb nicht doch mitreden?" Dabei warf ich ihm einen bittenden Blick zu.

„Emma, das reicht! Deine anfänglichen Widerworte hätte ich dir ja noch durchgehen lassen, aber das, was du dir jetzt leistest, ist Aufsässigkeit, und die werde ich dir austreiben!"

Erschrocken starrte ich ihn an.

„Du wirst jetzt auf dein Zimmer gehen und in genau fünf Minuten in Slip und BH hier aufkreuzen! Dann werde ich dir mit dem Gürtel deinen Ungehorsam austreiben und aus dir wieder ein braves Mädchen machen!"

„Sie -sie wollen mich schlagen?"

„Erstens bin ich dein Papi, und zweitens habe ich als Vater das Erziehungsrecht über dich. Also kann ich dich für jegliches Fehlverhalten jederzeit bestrafen. Also lauf los, die Zeit rennt! Wenn dir das nicht passt, kannst du sofort deine Koffer packen! Also entscheide dich!"

Die Drohung mit dem Rauswurf hatte gesessen! Das Zimmer wollte ich nicht verlieren, und die Aussicht, endlich als Mädchen leben zu können, wollte ich natürlich auch nicht vermasseln. Also eilte ich wie durch eine Nebelwand zu meinem Zimmer.

Dort angekommen hatte ich in Windeseile meine Kleidung mit Ausnahme des Slips abgeworfen und stattdessen einen weißen BH angelegt. Vor dem Spiegel warf ich einen Blick auf mich. Mein Gesicht war vor Aufregung gerötet, denn gleich würde ich mich komplett in Damenunterwäsche einem Mann zeigen, der mir zudem mit einem Gürtel den Po verhauen wollte. Für einen Moment kamen Zweifel in mir auf, aber rasch verdrängte ich sie – was verlangte Herr Wagner denn schon von mir? Er behandelte mich wie seine Tochter, und genau damit war ich doch eben noch einverstanden gewesen! Dass er als mein Papi auch Strafen verhängen konnte, war vollkommen klar – warum dann also diese Zweifel?

Wahrscheinlich waren sie dem Umstand der neuen Situation entsprungen, an die ich mich erst noch gewöhnen musste. Nach all den Jahren der Heimlichtuerei und des Versteckens meiner Neigungen konnte ich sie jetzt zum ersten Mal ganz offen zeigen! Dass das neben aller Freude auch Ängste auslöste, war zu erwarten gewesen, aber davon musste ich mich halt frei machen! In diesem Augenblick fasste ich den Entschluss, ganz in der Rolle seiner Tochter aufzugehen. Ob die fünf Minuten schon verstrichen waren?

Rasch eilte ich ins Wohnzimmer, wo ich vor meinen neuen Papi trat.

„Hier bin ich, Papi."

„Ich hatte fünf Minuten gesagt – du hast sieben gebraucht, meine Kleine!"

„Oh! Tut –tut mir leid, Papi!"

„Macht nichts! Dann werde ich dir neben Gehorsam eben auch Pünktlichkeit einbläuen!"

Bei dieser Ankündigung machte ich mir vor Schreck beinahe erneut ins Höschen! Nicht auszudenken, wenn mir das wirklich passieren würde!

„Los, mitkommen!"

Er ging schnurstracks zu seinem Arbeitszimmer. Mit gesenktem Kopf trottete ich gehorsam hinter ihm her.

Dort angekommen, kommandierte er: „Nun denn: Beug dich über den Schreibtisch!"

Es war lange her, dass mir der Hintern versohlt worden war, und ich hatte nicht damit gerechnet, so etwas noch einmal zu erleben. Aber heute war offensichtlich ein Tag, an dem alles möglich war. Also atmete ich tief durch, bevor ich die befohlene Stellung einnahm.

„Da du nun auch noch unpünktlich warst, muss ich dich für zwei Vergehen bestrafen. Ich werde daher den Rohrstock nehmen!"

Bevor ich etwas sagen konnte, hatte er mir mit einem Ruck das Höschen bis zu den Knöcheln heruntergezogen. Damit hatte er mich überrascht, sodass ich nur ein „Oh!" von mir geben konnte.

„Für ein Vergehen hätte ich dir den Slip angelassen und den Gürtel benutzt, aber Unpünktlichkeit und Aufsässigkeit sind zwei Vergehen in kürzester Zeit – das erfordert eine wesentlich strengere Strafe!"

„J – Ja, Papi", murmelte ich.

„Du bist also einsichtig?"

Ich nickte langsam.

„Braves Mädchen! Na, dann wollen wir mal!"

Mit diesen Worten trat er seitlich an mich heran, drückte mit einer Hand meinen Oberkörper auf die Tischplatte und nahm Maß. Dann schlug er zu! Der Schmerz war nicht so heftig wie befürchtet, aber ich hatte das Gefühl, dass er sich mit der Wucht des Hiebes zurückgehalten hatte. Tatsächlich tastete er sich mit den nächsten Hieben weiter vor, um die Grenze meiner Belastbarkeit zu finden. Als er wusste, welche Intensität eines Hiebes ich verkraften konnte, bescherte er mir die bis dahin schlimmsten zehn Minuten meines Lebens!

Während der Hiebe schrie ich immer lauter vor Schmerz und zappelte mit meinem Unterleib und den Beinen wie wild hin und her. Mein neuer Papi fixierte mich jedoch mit einer Hand so energisch auf der Tischplatte, dass ich unmöglich aufspringen konnte, und setzte die Bestrafung unerbittlich fort.

Endlich hörten die Schläge auf! Ich hatte meine Strafe verbüßt und lag noch ein paar Minuten heulend über den Schreibtisch gebeugt. Mein Po war von Striemen gezeichnet, wie ich später im Spiegel sehen konnte.

Mein neuer Papi ließ mir die Zeit, die ich zur Beruhigung brauchte.

Als ich nur noch leise schniefte, befahl er: „Hoch mit dir!"

Mühsam erhob ich mich aus der Strafstellung und stand mit verheultem Gesicht und weichen Knien vor ihm. Dass ich nur einen BH trug und der Slip noch immer um meine Knöchel gewickelt war, bemerkte ich dabei nicht – es wäre mir aber in dem Moment auch vollkommen egal gewesen.

„So, Mädchen, was sagt, man, wenn sich der Papi solche Mühe gibt, aus dir ein anständiges Mädchen zu machen?"

Es dauerte einen Moment, bis die Frage in meinem Kopf ankam, aber endlich reagierte ich: „Da – danke, Papi", schniefte ich mehr fragend als antwortend.

„Braves Mädchen! Und jetzt sag mir noch, wie du heißt!"

Die rebellische Seite in mir wollte sofort ‚Nadine' rufen, aber dann hätte Papi bestimmt eine neue Strafe über mich verhängt, und genau danach war mir in dem Moment ganz und gar nicht. Also gab ich auf und schluchzte: „Emma".

„Noch einmal und in einem ganzen Satz!"

„Emma, ich heiße Emma!"

„Na also, geht doch! Und nun komm her, meine Süße!"

Mit weichen Beinen trat ich an ihn heran. Er nahm mich ganz fest in den Arm und flüsterte mir ins Ohr: „Willkommen in meiner Familie, Emma!"

Sofort schossen mir wieder Tränen aus den Augen, aber dieses Mal nicht wegen der Schmerzen auf meinen Hinterteil, sondern vor Rührung.

„Tut dein Popo sehr weh?", erkundigte er sich mitfühlend.

„Ja, schon", antwortete ich, „aber das ist nicht weiter schlimm. Ich war ja wirklich aufsässig und habe die Schläge verdient. Wenn ich wieder frech bin, kannst du mich auf die gleiche Weise bestrafen, Papi."

„Keine Sorge, ich werde dich gut erziehen. Nur bumsen werde ich dich nicht, weil kein Vater so etwas mit seiner Tochter machen darf. Für Sex musst du dir also einen Liebhaber suchen. Aber Frauensachen kannst du bei mir rund um die Uhr tragen! Geh jetzt auf dein Zimmer und schreib weiter an deiner Hausarbeit. Heute Abend ziehst du dir etwas Bequemes an und kommst zum Abendessen zu mir. Danach werden wir im Internet ein paar schöne Frauensachen für dich kaufen. Übrigens", fügte er schmunzelnd hinzu, „du solltest jetzt masturbieren, denn du hast es ganz offensichtlich dringend nötig!"

Ich sah an mir herunter – mein Penis war tatsächlich hart und hatte sich aufgerichtet! Die ganze Situation schien mir mehr zu gefallen, als ich bislang wahrgenommen hatte. Mein versohlter Po und meine Nacktheit hatten offensichtlich alle anderen Empfindungen überlagert.

„Los, Emma, marsch an die Arbeit!" Mit einem Klaps auf meinen Po, der mich zusammenzucken ließ, schickte er mich auf mein Zimmer.

Rasch zog ich meinen Slip hoch und setzte mich in Bewegung. Mit immer noch weichen Beinen stakste ich hinüber zu meinem Zimmer und setzte mich so, wie ich war, an den Schreibtisch. Sofort fuhr ich aber wieder hoch, denn das versohlte Hinterteil hatte eine Welle des Schmerzes durch meinen Körper gejagt.

Ich überlegte einen Moment, bevor ich schließlich ein Kissen nahm, dieses auf den Stuhl legte und mich dann gaaanz vorsichtig hinsetzte. So ließ es sich halbwegs aushalten!

Danach hatte ich zunächst große Mühe, mich auf meine Hausarbeit zu konzentrieren, denn meine Gedanken fuhren im Kopf Achterbahn. Als ich realisierte, dass ich all die Ereignisse des Tages nicht geträumt hatte und ein großer Teil meiner Träume wahr geworden war, löste das in mir zunächst einen Freudentaumel aus. Als dieser abebbte, folgte ein Energieschub, wie ich ihn schon lange nicht mehr erlebt hatte! Nur mit Damenunterwäsche bekleidet machte ich mich an die Arbeit. Später würde ich mir Kniestrümpfe, ein T-Shirt und einen kurzen Rock anziehen und zu meinem neuen Papi gehen. Endlich durfte ich mich so zeigen, wie ich mich fühlte! Natürlich war das immer noch ein kleiner und vor allem geschützter Rahmen und kein Outing, aber für mich war es bereits wie ein Quantensprung! Nun konnte ich einen Teil meiner Sexualität befreit ausleben – und die Liebe mit einem Mann würde der nächste Schritt sein! Ich hatte den Eingang zu meinem Paradies gefunden!

Unerwartete Vorführung

Nachdem der Vermieter meiner Studentenbude mein Geheimnis als schwuler Damenwäscheträger entdeckt hatte, befürchtete ich im ersten Moment ernste Konsequenzen. Die Gegend, in der ich studierte, war nämlich sehr konservativ. Ein Rauswurf hätte mich vor immense Probleme gestellt. Doch zum Glück war es ja anders gekommen! Herr Wagner ließ mich weiterhin in seinem Haus wohnen unter der Voraussetzung, dass ich die Rolle seiner Tochter spielte. Das beinhaltete sowohl das ausschließliche Tragen von Damenwäsche im Haus und in dem nicht einsehbaren Garten wie auch das Erziehungsrecht von Herrn Wagner über mich. Bei meiner Namensgebung hatte er davon ja bereits ausgiebig Gebrauch gemacht.

Da mir Herr Wagner, den ich seit Übernahme der Rolle seiner Tochter ‚Papi' zu nennen hatte, bei der Namensgebung die bis dahin schmerzhaftesten Minuten meines Lebens beschert hatte, war ich in der Folgezeit sehr um Gehorsam bemüht. Hinzu kam, dass ich ihm wahnsinnig dankbar war, dass er mich nach Aufdeckung meiner bis dahin geheimen Neigungen nicht nur weiter beherbergte, sondern mir auch erlaubte, als Frau zu leben. Das war in meinem Elternhaus nicht möglich gewesen, und so konnte ich mich bei ihm erstmals frei entfalten und so sein, wie ich war. Auch dafür schuldete ich ihm großen Dank, was mein Streben nach absolutem Gehorsam noch steigerte.

In manchen Situationen verkannte ich aber manchmal meine Rolle und reagierte desinteressiert, schnippisch oder gar zickig. Beispielsweise erhielt ich eines Abends den Auftrag, den Abendbrottisch zu decken. Da ich gerade in ein Buch vertieft und an einer spannenden Stelle war, sagte ich geistesabwesend: „Ja, gleich!"

Nun, das kam bei Papi nicht gut an!

„Nicht gleich, sondern sofort!", wies er mich an.

„Ja", nölte ich, „ich mache es ja gleich." Tatsächlich las ich aber weiter, denn die letzten beiden Seiten des Kapitels wollte ich unbedingt noch schaffen. Das gelang mir auch, aber anstatt nun meinen Arbeitsauftrag zu erledigen, begann ich mit dem nächsten Kapitel.

Nach ein paar Minuten ließ sich wieder mein Papi vernehmen: „Was ist jetzt? Brauchst du eine Extraeinladung?"

„Ja, ja!"

Plötzlich wurde mir das Buch aus der Hand gerissen.

„Jetzt ist aber Schluss mit dem Lesen! Deck den Tisch, aber zügig!"

„Och, Menno, ich war doch fast mit dem Kapitel durch!"

„Das hast du schon vor fünf Minuten gesagt!" Er warf einen Blick in das Buch. „Du hast ein neues Kapitel angefangen!", stellte er trocken fest.

„Nein, das ist nicht wahr!"

„Und warum sind dann in dem aufgeschlagenen Kapitel erst zwei Seiten gelesen? Liest du so langsam, dass du fünf Minuten dafür brauchst?"

„Ja, manchmal ist das eben so", erwiderte ich patzig.

„So nicht, Fräuleinchen!" Sein Zeigefinger schwebte drohend vor meiner Nase. „Du hast häusliche Pflichten und die sind wichtiger als so ein Schnulzenroman!"

„Ja, ja! Du kannst dich aber auch anstellen!" Mein patziger Ton bekam jetzt zusätzlich noch eine wegwerfende Note.

„Emma, das reicht jetzt! Nicht in diesem Ton!"

„Ja, ja schon gut."

„Du wirst dich jetzt auf der Stelle entschuldigen!", befahl mir Papi mit ungehaltenem Tonfall.

Leider erkannte ich die Warnzeichen immer noch nicht, sondern erwiderte barsch: „Warum? Dafür gibt es keinen Grund!"

Jetzt schlug Papis Stimme um. Zornbebend befahl er: „Emma, das reicht! Ab in dein Zimmer! Sofort!"

Nun endlich dämmerte mir, dass ich den Bogen wohl überspannt haben könnte. Lustlos und sichtbar widerwillig setzte ich mich in Bewegung. Vermutlich würde ich Stubenarrest bekommen – es wäre nicht das erste Mal gewesen. Mich verwunderte nur, dass Papi hinter mir herkam.

In meinem Zimmer angekommen, löste er das Rätsel auf: „Du wirst dich jetzt bäuchlings auf dein Bett legen. Dann wirst du den Rock hoch- und das Höschen runterziehen. Danach werde ich dir zeigen, was ich von einem solch unverschämten Benehmen halte!" Bei seinen letzten Worten zog er den Gürtel aus seiner Hose.

Während ich nun endlich die Gefahr erkannte und innerlich laut aufstöhnte, unternahm ich einen beinahe verzweifelten Versuch, ihn gnädig zu stimmen: „Bitte, Papi, es tut mir leid! Wirklich! Das Buch war so spannend und…"

„Liegst du noch nicht in Position?" Er deutete auf das Bett und fügte hinzu: „Los jetzt, sonst peitsche ich solange deine Beine, bis du die Strafposition eingenommen hast!"

Ich zweifelte keine Sekunde daran, dass er seinen Worten Taten folgen lassen würde. Um ihn nicht noch weiter zu verärgern, beeilte ich mich, seine Anweisungen auszuführen. Als ich schließlich in Position lag, ließ er den Gürtel ausgiebig auf meinem Gesäß tanzen! Es waren teuflische Schmerzen! Natürlich hätte ich das Drama sofort beenden können, aber damit hätte ich zugleich unser Arrangement aufgekündigt. Da ich zudem einsah, die Schläge aufgrund meines Verhaltens verdient zu haben, ertrug ich sie laut stöhnend und mit vielen vergossenen Tränen.

Als er mir genügend Hiebe aufgezählt hatte, befahl er: „Aufstehen! Rock und Slip ausziehen und marsch ins Wohnzimmer!"

Mit weichen Knien erhob ich mich. Dann öffnete ich mit vor Nervosität zittrigen Fingern den Verschluss meines Rockes und legte ihn ab. Gleich darauf ließ ich den Slip folgen.

„Marsch, ins Wohnzimmer!", wiederholte Papi.

Ich setzte mich in Bewegung. Dabei bemerkte ich aufgrund meines nackten Unterleibs, dass mein Glied ganz steif war. Tatsächlich hatte ich die Hiebe an sich als unangenehm empfunden, aber sobald sie aufgehört hatten, empfand ich ein großes Lustgefühl. Das war für mich nichts Neues. Am liebsten hätte ich sofort an mir herumgespielt, aber das traute ich mich nicht. Allerdings wurde mein Lustgefühl durch die Ungewissheit getrübt, weshalb ich nach der Züchtigung ins Wohnzimmer dirigiert wurde.

Lange musste ich auf des Rätsels Lösung nicht warten, denn kaum dort angekommen, hieß es: „Hände auf den Kopf und ab in die Ecke!"

Wortlos gehorchte ich, denn ein Zuwiderhandeln hätte garantiert nur weitere Hiebe heraufbeschwört. Papi war sauer, da wollte ich ihn nicht weiter provozieren.

Als ich in der Ecke stand, trat er dicht an mich heran. „Jetzt schäm dich für dein freches Verhalten! Dass du einen Ständer hast und nicht an ihm herumspielen kannst, dürfte für dich eine kleine Zusatzstrafe sein." Er lachte leise, während ich ihm innerlich grundsätzlich zustimmte und die vermutete ‚kleine Zusatzstrafe' in eine große Strafe korrigierte. Es war nämlich sehr unangenehm, meine Lust nicht stillen zu können!

Als ich brav in der Ecke stand, entfernte sich Papi. Wahrscheinlich aß er zu Abend. Für mich gab es an diesem Abend nichts, denn als er mich nach ungefähr einer Stunde aus der Ecke entließ, befahl er: „Zähne putzen und ab ins Bett!"

Obwohl es gerade mal 20 Uhr war, wagte ich keinen Widerspruch. Nachdem ich mich bettfertig gemacht hatte, zog ich mein Nachthemd und einen Slip an und ging zu Papi, um ihm den obligatorischen Gute-Nacht-Kuss zu geben. Ich wusste, dass am anderen Morgen alles vergessen sein würde, da ich meine Strafe ja verbüßt hatte.

Eine derart intensive Strafe wie die gerade beschriebene bekam ich selten, aber es gab sie. Meistens jedoch musste ich mich unverzüglich über seine Knie legen, wo er mir dann den Rock hochschob und mit Hand oder Kochlöffel den Po ausklatschte. Gerade der Kochlöffel war recht schmerzhaft, aber besonders peinlich war mir, dass er in seinem Schoß ganz deutlich mein steifes Glied spüren konnte. Er sagte nie etwas dazu, aber dennoch war mir das etwas unangenehm. Etwas anderes wäre es gewesen, wenn wir nach dem Verhauen meines Popos Geschlechtsverkehr gehabt hätten, aber das kam nie vor! Gemäß unserer Absprache war ich seine Tochter und deshalb hat er mich nie ungebührlich berührt.

Im Laufe der Zeit verband er das Versohlen meines Hinterns immer wieder mit der Zusatzstrafe des Eckestehens. Zwar hätte ich nach einer Wucht zu gerne an mir herumgespielt, aber das machte mir Papi mit der Zusatzstrafe unmöglich. Es bereitete ihm Freude zu sehen, wie ich nicht nur wegen meiner heißen Kehrseite, sondern auch wegen meiner Geilheit unruhig in der Ecke stand. Später, in meinem Bett, holte ich das Versäumte dann aber schnellstmöglich nach!

Als ich mal wieder den Bogen überspannt und ausgesprochen freche Antworten gegeben hatte, bekam ich wieder mein Gesäß mit dem Kochlöffel versohlt. Anschließend musste ich in die Ecke und einmal mehr die Hände auf den Kopf legen. Dann steckte mir Papi wie schon öfter mit ein paar Wäscheklammern den Rock hoch und zog mein Höschen bis zu den Knien herab. Auf diese Weise konnte er sein Werk in aller Ruhe betrachten und mein rot geklatschter Popo langsam abkühlen. Wie immer hatte ich einen Ständer, um den ich mich wegen der befohlenen Strafhaltung jedoch nicht kümmern konnte. Das ließ mich beim Stehen etwas unruhig werden, sodass mein Slip rasch zu den Knöcheln herabfiel.

Noch während ich an diesem schicksalhaften Tag in der Wohnzimmerecke meine Zusatzstrafe verbüßte, ertönte plötzlich die Türklingel. Einem instinktiven Fluchtinstinkt folgend wollte ich die Strafposition verlassen und in mein Zimmer flüchten. Im letzten Moment hörte ich Papis warnende Stimme: „Wage es nicht! Du bleibst hübsch in der Ecke stehen!"

Widerstrebend gehorchte ich. In meinem Magen machte sich ein flaues Gefühl unangenehm bemerkbar. Natürlich hätte ich der Anweisung zuwider handeln können, aber dann wäre mir eine weitere Strafe gewiss gewesen.

‚Bestimmt ist es nur der Briefträger', versuchte ich mich zu beruhigen. Der Erfolg war jedoch mäßig, denn diese Erklärung war angesichts der Uhrzeit nicht überzeugend.

Währenddessen war Papi aus dem Zimmer und zur Haustür gegangen. Es war undeutliches Stimmengemurmel zu hören, das keine Rückschlüsse auf den Besucher oder den Grund des Klingelns zuließ. Diese Ungewissheit steigerte meine ohnehin schon vorhandene Nervosität ins Unermessliche!

Endlich hörte ich die Haustür zufallen und Schritte im Flur. Sie klangen irgendwie anders, nicht so wie Papis Schritte sonst klangen.

Dann kam der Schockmoment! Papis Stimme ließ sich vernehmen: „So, dann komm mal rein in die gute Stube!"

Er war also nicht allein! Jetzt wäre ich trotz Papis Anweisung zu gerne in mein Zimmer geflohen, aber dazu hätte ich über den Flur gemusst – jenen Flur, in dem sich der fremde Besucher gerade befand. Flucht war also unmöglich, doch welche Option hatte ich noch? Fieberhaft überlegte ich, meine Kleidung ordentlich zu richten und mich in einem Sessel zu platzieren, damit ich nicht mit hochgeschobenen Rock, herabgelassenen Slip und versohltem Hintern gesehen wurde. Der erste Eindruck sei der Wichtigste, hieß es schließlich immer, und welchen Eindruck würde der Ankömmling von mir haben, wenn ich mit entblößtem Unterleib wie ein kleines Kind in der Ecke stehen würde?

Noch bevor ich aber eine Entscheidung fällen konnte, öffnete sich die Zimmertür und zwei Personen traten ein.

Als erstes ließ sich Papis Stimme vernehmen: „Dann setz dich mal, Günter! Und nicht wundern:

Die Göre in der Ecke ist meine Tochter Emma, von der ich dir ja schon erzählt habe. Ich musste ihr eben gerade ein paar Unverschämtheiten austreiben."

Nun ließ sich eine zweite männliche Stimme vernehmen: „Manchmal muss man eben durchgreifen – und das hast du offensichtlich ausgiebig getan. Sie scheint eine ordentliche Tracht Prügel bezogen zu haben, so Rot wie ihr Hintern leuchtet."

„Ja, sie war heute besonders frech."

„Was sind das für Spuren auf ihrem Hintern? Von einem Gürtel stammen die aber nicht, oder?"

„Nein, die sind von einem Kochlöffel."

„Ah, gut!"

Nun hatte Papi ein Einsehen mit mir, denn er rief mir zu: „Emma, du darfst jetzt aus der Ecke kommen!"

Das ließ ich mir nicht zweimal sagen! Mit dem Rücken zu den beiden Männern zog ich in Windeseile meinen Slip hoch und richtete den Rock. Ich wollte dem Besucher nicht auch noch meine nackte Vorderseite mit der vor Scham zusammengefallenen Erektion zeigen. Als alles wieder ordentlich saß, wollte ich eilig aus dem Zimmer huschen, aber Papis Stimme hielt mich zurück:

„Nicht doch, meine Kleine! Komm her und begrü-
ße meinen alten Freund Günter!"

Erst jetzt sah ich den Ankömmling an. Es war
ein Mann in Papis Alter, der mich in einem Sessel
sitzend interessiert musterte.

„Gu - guten Tag", stammelte ich in seine Rich-
tung.

„Na, na, na, was soll denn das?", meckerte
Papi sofort, „Begrüß ihn anständig mit Knicks,
Handschlag und einem Küsschen auf jede Wan-
ge!"

Am liebsten hätte ich mich in einem Mauseloch
verkrochen, aber leider war keines da! Zu allem
Überfluss verspürte ich nun auch noch einen
plötzlichen Harndrang, wahrscheinlich als Teil
meiner Fluchtinstinkte. Andererseits hatte die
Situation auch etwas Prickelndes an sich, was
mein Glied jetzt wieder steif werden ließ. Zudem
machte Günter einen sehr sympathischen Eindruck – und er hatte bei meinem Anblick nicht wie
befürchtet gelacht!

Mit zitternden Beinen trat ich jetzt an Günter
heran. Dann reichte ich ihm von einem Knicks
begleitet die Hand, stammelte ich noch einmal:
„Guten Tag!", bevor ich mich zögernd zu ihm

hinabbeugte und auf jede Wange einen Kuss hauchte. Es fühlte sich wunderbar an!

„Das hast du brav gemacht, Emma!", lobte mich Papi, „Nun komm her und setz dich zu mir!"

Gehorsam trottete ich zum Sofa und nahm Platz.

„Emma ist eigentlich ein ganz aufgewecktes Schwanzmädchen, aber in Gegenwart von Unbekannten sehr schüchtern", erklärte Papi seinem Freund.

„Das ist auch gut so, denn sie muss ja nicht jedem sofort um den Hals fallen." An mich gewandt richtete er die Frage: „Wie alt bist du denn?"

„Einundzwanzig."

„Und was machst du beruflich?"

„Ich studiere hier an der Uni."

„Und du bist schüchtern, ja?"

Verlegen nickte ich.

„Davon merke ich aber nichts", lächelte Günter nachsichtig, „denn deine Beine sind geöffnet und ich kann dir tief unter den Rock sehen!"

Erschrocken sah ich auf meine Beine. Tatsächlich hatte ich sie wegen der Bequemlichkeit nebeneinander abgestellt, aber dadurch wurde mein Minirock gespannt und eröffnete meinem Gegenüber tatsächlich tiefe Einblicke! Verschämt schloss ich sofort die Knie! Das war jetzt zwar eine unbequemere Sitzhaltung, aber ich wollte ja nicht unanständig wirken. Das war zwar albern, denn immerhin hatte Günter bereits meinen entblößten und von Schlägen gezeichneten Po gesehen, aber dennoch legte ich plötzlich sehr viel Wert auf Anstand.

„Manchmal ist meine Emma etwas unbedarft", lächelte Papi indes und half mir damit aus meiner peinlichen Situation heraus.

Danach entwickelte sich zwischen den beiden Männern ein lebhaftes Gespräch. Es wurde rasch klar, dass sie sich tatsächlich schon eine Ewigkeit kannten und sehr gute Freunde waren. Auch mich bezogen sie immer wieder ins Gespräch mit ein, wobei ich sowohl wegen des versohlten Hinterns als auch wegen der krampfhaft geschlossenen Beine etwas unruhig war.

Es war Papi, der schließlich ein Einsehen hatte: „Emma, da Günter bereits deinen nackten Po gesehen hat und im Übrigen weiß, wie nackte Frauen aussehen, darfst du dich ganz bequem hinsetzen. Es ist egal, ob er dir unter den Rock schauen kann oder nicht."

Von Günter kam ein bestätigendes Nicken.

„Gut – danke!", hauchte ich matt. Aber noch traute ich mich nicht, eine bequemere Sitzposition zu suchen. Erst als die beiden Männer ihr Gespräch wieder aufgenommen hatten und einige Minuten verstrichen waren, wagte ich eine kleine Änderung. Nun konnte mir Günter wieder unter den Rock sehen, aber er streifte die Gegend nur gelegentlich mit einem kurzen Blick. Dadurch ermutigt setzte ich mich immer bequemer hin und warf allen Anstand über Bord. Als der Rock dabei bis zum Ansatz meiner Schenkel hochrutschte, wurde das von den beiden Männern geflissentlich übersehen. Ich machte mir daher nicht mehr die Mühe, am Rock herumzuzupfen. Es war mir egal, ob Günter dadurch mein rosafarbenes Höschen sehen konnte, unter dessen dünnen Stoff sich mein steifer Penis deutlich abzeichnete. Wahrscheinlich hatte ich auch einen sichtbaren Fleck im Slip, denn der Stoff fühlte sich irgendwie feucht an. Tapfer ignorierte ich dieses Gefühl.

Die Zeit verging wie im Flug! Irgendwann ließ Papi von mir im Wohnzimmer ein Abendbrot auftischen. Wir aßen gemeinsam, und während sich danach die beiden Männer weiter unterhielten, räumte ich den Tisch ab. Danach lümmelte ich mich wieder zu Papi aufs Sofa.

Irgendwann sah dieser auf die Uhr und meinte zu mir: „Emma, es wird Zeit, dass du dich bettfertig machst! Also marsch ins Bad: pullern, duschen, Zähne putzen. Danach ziehst du dein Nachthemd an und kommst wieder hierher, um Günter und mir ‚Gute Nacht‘ zu sagen. Hast du das verstanden?"

„Ja Papi", antwortete ich gehorsam und erhob mich sofort. Dabei spürte ich, dass mein Kopf wegen der Erwähnung der zu verrichtenden Notdurft einmal mehr an diesem Tag vor Scham knallrot geworden war.

Die Verrichtung der allabendlichen Tätigkeiten nahm einige Zeit in Anspruch. Als ich alles erledigt hatte, zog ich mein lavendelfarbenes Nachthemd mit Blumendruck und einen schlichten weißen Slip an. Bei dem Gedanken, mich so bekleidet vor Günter zeigen zu müssen, wurde mir wieder etwas flau im Magen, Vielleicht war es aber auch Vorfreude, denn ich sollte den beiden Männern ja ‚Gute Nacht‘ sagen – und das beinhaltete bei Papi grundsätzlich ein Küsschen auf jede Wange. Bestimmt wurde erwartet, dass ich das auch bei Günter machen sollte – bei dem

Gedanken daran kribbelte es zu meiner Überraschung in meinem Bauch. Der Gedanke, den Freund meines Vermieters und Papis küssen zu dürfen, erregte mich! Mein Glied zeigte deutlich seine Freude über diese Aussicht an! Ja, ich mochte Günter und hatte ihn in mein Herz geschlossen, auch wenn er deutlich älter war als ich.

Schließlich kam der Moment meines Auftritts. Im Nachthemd betrat ich das Wohnzimmer und steuerte auf Papi zu.

Dieser musterte mich: „Hast du einen Slip drunter?"

Ich nickte.

„Davon war aber vorhin nicht die Rede! Also marsch zurück in dein Zimmer und das Höschen abgelegt! Danach kommst du wieder!"

Diese Situation war mir unglaublich peinlich! Ein verschämter Seitenblick zu Günter zeigte diesen jedoch teilnahmslos. Es schien ihn nicht zu stören, dass ich wie ein kleines Mädchen gemaßregelt wurde.

Natürlich kam ich der Aufforderung von Papi sofort nach, denn eine Diskussion hätte mir nur eine Strafe eingebracht. Also eilte ich in mein

Zimmer, zog meinen frischen Slip aus und ging wieder ins Wohnzimmer.

Papi winkte mich sofort zu sich heran. „Ohne Slip?", fragte er knapp.

Ich nickte.

„Dann zeig es mir."

Wieder wäre ich vor Scham am liebsten im Boden versunken. Da das aber nicht passierte, hob ich mit hochrotem Kopf mein Nachthemd vorne an. Papi sah kurz auf mein nacktes Geschlecht, aber er kommentierte weder meine Blöße noch meine Erektion. Stattdessen ordnete er an: „Jetzt die Kehrseite – ich will mal sehen, wie dein Hintern inzwischen aussieht!"

Da ein Widerspruch keinen Sinn machte, drehte ich mich also um und hob den hinteren Teil meines Nachthemds an. Dabei vermied ich es, Günter anzusehen.

Papi betastete mein Gesäß. „Das werden einige blaue Flecken werden, aber du hast selber schuld", konstatierte er nüchtern, „wenn du in Zukunft ein braves Mädchen bist, brauche ich dich nicht mehr zu versohlen."

Seine Berührungen meines Hinterteils ließen meine Lust weiter anwachsen. Ich hoffte inständig, dass mein steifes Glied das Nachthemd nicht allzu sehr ausbeulen würde!

„Jetzt sag dem lieben Onkel Günter ‚Gute Nacht'", befahl Papi.

Gehorsam trat ich auf den Besucher zu. Bevor ich aber etwas sagen konnte, fragte dieser meinen Papi: „Darf ich mir Emmas Hinterteil mal etwas genauer ansehen? Ich habe lange keinen versohlten Po mehr gesehen."

Erschrocken blickte ich zu Papi, der aber eine zustimmende Geste machte. Damit war die Sache entschieden und ich hob nun auch vor Günter mein Nachthemd. Dieser betrachtete zunächst meine Kehrseite, bevor er mit den Fingern über die besonders malträtierten Stellen strich. Damit entfachte er eine unglaubliche Geilheit in mir, was ihm unmöglich verborgen bleiben konnte. Dennoch ließ er weder durch Worte noch durch Blicke erkennen, ob er es bemerkt hatte.

Nach dieses ‚Kontrollen' sagte ich ihm artig ‚Gute Nacht' und küsste ihn auf jede Wange. Waren es zu Beginn seines Besuches zwei eher schüchtern hingehauchte Küsschen gewesen, waren es nun zwei kräftige Exemplare.

Danach wiederholte ich die Zeremonie bei meinem Papi. Mit einem „Schlaf gut, meine Süße!" und einem leichten Klaps auf den Po wurde ich zu Bett geschickt.

In meinem Zimmer legte ich mich zwar gehorsam hin, aber an Schlaf war noch lange nicht zu denken. Die gesamte Situation, angefangen mit meiner Züchtigung und dem Eckestehen über die unerwartete Vorführung vor einem mir bis dahin fremden Mann und die anschließenden Betrachtungen meines nackten Gesäßes durch Günter gaben mir viel Stoff zum Nachdenken. Dabei spürte ich sofort wieder die Lust unaufhaltsam in mir aufsteigen – ich konnte nicht anders und legte Hand an. Beinahe sofort ergoss ich mich in die bereitgelegten Papiertücher. Damit war meine Leidenschaft aber noch nicht gestillt, weshalb ich den Vorgang sofort wiederholte. Diesmal dauerte es etwas länger und die Eruption war nicht ganz so heftig, aber immerhin noch gewaltig.

Danach lag ich wach im Bett und dachte über die Ereignisse des Tages nach. Es dauerte nicht lange, und mein Glied regte sich erneut, während es unglaublich heiß wurde! Natürlich gab ich meiner Lust erneut nach! Es dauerte nun wesentlich länger als bei den beiden vorangegangenen Malen, und es kam auch weniger Saft heraus, aber es kam welcher! Erst danach fand ich die nötige Ruhe um einzuschlafen. Es war, wie nicht anders zu erwarten war, eine Nacht mit wilden Träumen, die sich um meine unerwartete Vorführung drehten. Nun wussten bereits zwei Männer von meinen geheimen Vorlieben – und sie ließen mich sie ausleben! Dafür war ich beiden sehr, sehr dankbar!

Plötzlich mit Windel

Nach anfänglichen Schwierigkeiten und reichlichem Schlendrian änderte sich meine Einstellung zum Studium zum Positiven. Daran hatte mein Vermieter, der Herr Wagner, einen sehr großen Anteil, denn nachdem er mein Geheimnis entdeckt hatte und ich als seine Tochter leben durfte. hatte er auch das Erziehungsrecht über mich beansprucht. Angesichts meiner devoten Ader hatte ich mich nur zu gerne darauf eingelassen, denn Frauenkleidung tragen zu dürfen, ist eine Sache, aber tatsächlich wie eine junge Frau behandelt zu werden, setzt dem Ganzen die Krone auf! Auch sein bester Freund Günter kam immer öfter vorbei. Da Herr Wagner, den ich als Tochter ‚Papi' nennen musste, mich seinem Freund bereits als Frau vorgeführt hatte, genoss ich mein Leben und vor allem meine Weiblichkeit in vollen Zügen! Das Lernen kam nicht zu kurz, da mich Papi immer wieder dazu ermahnte und seinen Worten, wenn er es für notwendig hielt, mit dem Gürtel oder einem Kochlöffel Nachdruck verlieh.

Aufgrund der strengen und manchmal für mein Gesäß schmerzhaften Ermahnungen wurde ich in kürzester Zeit zur Streberin. Das war für mich eine vollkommen ungewohnte Situation, denn in der Schule war ich lange Zeit eher der bequeme Typ gewesen. Nun aber legte ich los, denn Papi akzeptierte nur die Noten ‚Sehr gut' und ‚Gut', alles andere wurde streng bestraft – vor allem ein Durchfallen hätte mir viele Schläge eingebracht!

Durch das viele Lernen waren die Kontakte zu den anderen Studierenden jedoch recht überschaubar. Zwar traf man sich bei den Vorlesungen, aber da es anders als in der Schule keine festen Sitzplätze gab, saß man nur selten zusammen. In der Mensa, der Cafeteria und der Bibliothek war es auch nicht anders. Natürlich gab es Studenten- und Fachschaftspartys, aber da ich eher schüchtern war, mied ich nach anfänglich schlechten Erfahrungen solche Veranstaltungen.

Mein Papi sah das jedoch anders. „Du musst Leute kennenlernen, Kontakte knüpfen – die können dir später im Berufsleben helfen!", predigte er mir immer wieder. Einerseits sah ich das auch so, aber bei den zwei Partys, auf denen ich ganz am Anfang war, hatte ich mich nicht wohl gefühlt. Deshalb kam es mir nun entgegen, viel Lernen zu müssen.

Als mal wieder eine Semesterparty anstand, hörte Papi davon. Er zitierte mich ins Wohnzimmer und stellte klar: „Emma, da ist wieder eine Studentenparty – und du wirst da hingehen!"

„ Ich weiß von der Party, aber ich habe keine Lust, daran teilzunehmen", erklärte ich unumwunden.

„Papperlapapp, du gehst da hin!"

„Aber, Papi, ich muss noch so viel lernen – in drei Wochen muss ich eine Hausarbeit abgeben, die noch nicht fertig ist!"

„Emma, du musst mal unter Leute! Wer weiß, vielleicht findest du dort ja einen schnuckeligen Jungen, mit dem du ausgehen kannst."

„Eher nicht, denn die flirten alle nur mit richtigen Mädchen", erwiderte ich betrübt.

„Ich verstehe ja, dass du es als Schwanzmädchen schwer hast, einen Partner zu finden, aber bestimmt gibt es dort jemanden, der auf dich steht!"

„Mag sein, aber ich mag weder die Musik noch viele von den Leuten, weil ich anders bin als sie."

„Egal – du wirst zu dieser Party gehen!"

„Aber…"

„Emma, das war keine Bitte! Du wirst da hingehen und basta! Ende der Diskussion!"

Ich hielt den Mund und ergab mich in mein Schicksal. Aus Erfahrung wusste ich, dass er bei einem weiteren Ton von mir den Gürtel tanzen lassen würde.

Als der Tag der Party gekommen war, überwachte Papi höchstpersönlich meine Vorbereitungen. Nach dem Duschen prüfte er die Sauberkeit meines gesamten Unterleibs, überwachte meine Intimrasur und legte ein besonders aufreizendes Damenhöschen bereit. Als Oberbekleidung trug ich wie immer bei Aufenthalten außerhalb des Hauses oder des Gartens Männersachen. Das einzige Zugeständnis an meine Weiblichkeit war ein roter Frauenslip mit sehr viel Spitzenverzierung, sowohl vorne als auch hinten.

Als die Zeit gekommen war, fuhr mich Papi zur Universität. „Für die Rückfahrt nimmst du dir ein Taxi, ist das klar?"

„Ja, Papi", gab ich gehorsam zurück.

„Hier", damit reichte er mir einen Geldschein, „das Fahrgeld für das Taxi. Und nun geh und amüsiere dich gut!"

Mit gemischten Gefühlen stieg ich aus und begab mich an den Ort der Feier. Es war viel los, und einige Leute kannte ich sogar. Eine kleine Gruppe von ihnen verwickelte mich sogar in ein

Gespräch, das recht lustig war. Mit zunehmender Dauer floss jedoch der Alkohol immer reichlicher und meine Bekannten wurden immer lustiger. Sie animierten mich, mit ihnen zu trinken, was ich anfangs ablehnte. Allerdings merkte ich schnell, dass ich damit als Spaßbremse galt und zum Außenseiter zu werden drohte. Bevor ich also wieder alleine irgendwo am Rand der Party stand, trank ich schließlich eine Runde mit. Darauf folgten rasch eine zweite und eine dritte Runde. Als ich dann aussetzen wollte, schallte mir ein „Spielverderber!" entgegen. Das wollte ich aber keinesfalls sein, und so hielt ich mit den anderen mit. Mein Kalkül war, dass sie angesichts ihres ‚Vorsprungs' an alkoholischen Getränken sicher bald nicht mehr weitertrinken konnten. Leider hatte ich die Rechnung ohne die Standfestigkeit meiner Kommilitonen gemacht, denn die vertrugen deutlich mehr als ich.

Irgendwann musste ich auf die Toilette. Ich war stark angetrunken, aber immerhin noch so helle, dass ich erkannte, nicht mehr lange mithalten zu können. Trotzdem ging ich wieder zurück und trank mit den anderen weiter. Was dann passierte, weiß ich nicht – mir fehlt dazu jegliche Erinnerung.

Mein Erinnerungsvermögen setzte erst am anderen Tag wieder ein. Das erste, was ich beim Aufschlagen der Augen mit einem Stöhnen quittierte, war die Helligkeit. Gleich darauf nahm ich wahnsinnige Kopfschmerzen wahr – ich hatte bei der Party definitiv zu viel Alkohol getrunken! Als ich dann registrierte, dass ich in einem Bett lag, war ich sofort etwas wacher. Aufmerksam sah ich mich um und erkannte mein Zimmer. Wie war ich hierher und ins Bett gekommen? Meine letzte Erinnerung war das Trinken mit den anderen auf der Party, aber irgendwie musste ich doch nach Hause gekommen sein!

Beim Gedanken an die vielen Runden alkoholischer Getränke verspürte ich plötzlich einen starken Harndrang. Um nicht ins Bett zu machen, erhob ich mich mühsam und stellte meine Beine auf den Boden. Erst jetzt wurde mir bewusst, dass ich nur eine Unterhose trug – andererseits fühlte sich die aber recht merkwürdig an! Bei genauerem Hinsehen stellte sich heraus, dass es kein Slip, sondern eine Windel war!

Jetzt war ich verwirrt! Wie zum Teufel war die Windel an meinen Körper gekommen? Und wo waren meine Sachen?

In diesem Moment betrat Papi mein Zimmer. „Ah, du bist wach! Wie geht es meiner Kleinen heute?"

Seine Worte dröhnten in meinem Kopf, weshalb ich ihn anflehte: „Bitte nicht so laut!"

„Tja, Emma, das kommt vom Saufen! Du hast es damit gestern wohl maßlos übertrieben!"

„Ich habe keine Ahnung", flüsterte ich, aber auch das leise Sprechen wurde zu einem gewaltigen Dröhnen in meinem Kopf.

Wortlos reichte mir Papi ein Glas Wasser, in das er eine Kopfschmerztablette getan hatte. Gierig trank ich das Glas in einem Zug leer.

„Gleich lassen die Kopfschmerzen nach. Das kommt davon, wenn man die falschen Prioritäten setzt! Du hast Leute kennenlernen und dich beim Tanzen amüsieren sollen, aber stattdessen hast du mit ein paar Leuten um die Wette gesoffen."

Jetzt machte sich meine Blase erneut nachdrücklich bemerkbar.

„Ich – ich muss pullern", sagte ich und wollte mich vom Bett erheben. Aber sofort begann sich das Zimmer leicht zu drehen. Hätte mich Papi nicht festgehalten und wieder aufs Bett gesetzt, wäre ich wohl lang hingeschlagen

„Ich muss pullern", jammerte ich.

„Du trägst eine Windel, also kannst du es einfach laufen lassen!"

„Was? Aber – wieso…"

„Tja, meine Süße, du hast wohl einen Filmriss, was?"

Ich nickte schwach. „Wie bin ich denn hierhergekommen?"

„Es gab bei der Party eine Art Aufsicht. Als die gemerkt hat, dass du nicht mehr stehen konntest, haben sie in deinen Taschen nach einem Ausweis gesucht. Dadurch kannten sie deine Adresse und haben ein Taxi gerufen. Der Fahrer hat dich neben der Haustür abgestellt und geklingelt."

„Habe – habe ich mich im Taxi übergeben?", fragte ich ängstlich.

„Nein, aber als du neben unserer Haustür gestanden hast, konntest du nicht mehr an dich halten und hast dir in die Hose gemacht!"

Ich starrte ihn ungläubig an. „Ich – ich habe mir…" Meine Stimme erstarb

„Du hast dir in die Hose gepinkelt, und das nicht zu knapp!", vollendete Papi meinen Satz.

„Oh!" Mehr brachte ich nicht heraus.

Papi fuhr fort: „Ich habe dich in den Garten geschleift und Günter angerufen. Als der dann da

war, haben wir dich ausgezogen. Während Günter…"

„Moment!", unterbrach ich ihn, „Günter war
auch da?" Mein Reaktionsvermögen war recht
eingeschränkt.

Papi nickte bestätigend.

„Ihr – ihr habt mich ausgezogen? Alles?"

„Natürlich! Du hast nach Pisse und Alkohol
gestunken, da mussten die gesamten Klamotten
in die Waschmaschine!"

„Und – und die Windel?"

„Wir haben dich ins Badezimmer gebracht."

„Ich war – war dabei - nackt?"

Die Antwort war ein leicht genervtes Nicken.

„Günter – hat mich – nackt – gesehen?" Mein
Gesicht wurde rot vor Scham.

„Er hat dich sogar gewaschen, während ich
deine vollgepisste Kleidung in die Waschmaschine gesteckt habe! Danach haben wir dir eine
Windel angelegt. Günters Eltern sind schon sehr
betagt und inkontinent, weshalb er davon immer
einen größeren Vorrat zu Hause hat. Zum Glück
hat er mehrere Windeln mitgebracht, denn im
Laufe der Nacht hast du zwei weitere Male ein-
genässt! Aber keine Sorge, ich habe mehrmals

nach dir gesehen und dabei dann die nasse Windel gegen eine trockene getauscht."

„Oh!"

„Ist das alles? Kein ‚Danke'? Wo ist dein Benehmen, Emma?"

„Äh, ja, entschuldige! Danke, dass du dich so rührend um mich gekümmert hast, Papi!"

„Schon gut, meine Kleine! Aber denk dran, dich auch bei Günter für dein ungebührliches Verhalten zu entschuldigen und vor allem, dich für die Windeln zu bedanken!"

Bei diesen Worten wurde mir mulmig zumute. Natürlich war es nur richtig, mich zu bedanken, aber andererseits war es mir peinlich, dass er mich betrunken und nackt gesehen hatte und zudem auch noch wusste, dass ich Windeln trug.

„So, meine Kleine: Zeit zum Windelwechsel!"

Tatsächlich hatte ich während unseres Gesprächs nicht mehr auf den Harndrang geachtet. Die erhaltenen Informationen hatten mich teils geschockt, teils peinlich berührt, und so hatte ich nicht bemerkt, wie ich die Windel befüllt hatte. Papi hingegen hatte es sehr wohl registriert.

„Komm, ich helfe dir ins Bad!"

Das tat er dann auch. Dort angekommen, entfernte er die nasse Windel und setzte mich auf die Toilette. „Los, pullern!", kommandierte er.

Ich hatte zwar nicht damit gerechnet, aber es kam tatsächlich noch ein kräftiger Strahl. Als er versiegt war, musste ich duschen. Papi blieb solange im Bad, damit er eingreifen konnte, wenn ich aufgrund des Restalkohols ins Straucheln geraten sollte.

Die Dusche tat unglaublich gut! Anschließend begleitete mich Papi wieder in mein Zimmer, wo wir einen kleinen Disput hatten: Er wollte mir eine neue Windel anlegen, während ich das ablehnte. Seine Drohung mit dem Gürtel ließ mich dann aber rasch klein beigeben.

Später am Tag kam noch Günter vorbei um zu sehen, wie es mir ging. Als ‚Geschenk' hatte er mir eine große Packung Windeln mitgebracht. Ich bedankte mich mit hochrotem Kopf sowohl für das Geschenk als auch für seine Hilfe am Vorabend. Als sich Papi diskret, aber doch vernehmlich räusperte, entschuldigte ich mich auch für mein ungebührliches Benehmen.

„Macht nichts, meine Süße", erwiderte Günter, „das haben wir alle mal mitgemacht. Aber jetzt kennst du deine Grenze und weißt hoffentlich, wieviel Alkohol du vertragen kannst! Sei also ab jetzt ein anständiges Mädchen und bleib nüchtern!"

„Das werde ich!", versprach ich aus tiefstem Herzen und meinte es auch so.

Den übermäßigen Alkoholkonsum jenes Abends habe ich außer dem Einnässen gut verkraftet. Bis heute ist nie wieder etwas Vergleichbares vorgekommen! Allerdings hatte die Party für mich eine unangenehme Folge: Papi bestand eine ganze Woche lang darauf, dass ich wegen meiner ‚Unsauberkeit' rund um die Uhr eine Windel trug! Als ich dagegen aufbegehrte, hat er mir sehr, sehr gründlich den Hintern versohlt! Danach trug ich die Windel – anfangs widerwillig, aber nach einem halben Tag gefielen mir die Wärme und das Gefühl der Geborgenheit unglaublich gut!

In der Zeit meiner 'Windelstrafe' bestand Papi ‚wegen des leichteren Windelwechsels' darauf, dass ich besonders kurze Röcke trug. Ich hatte mehrere dieser Kleidungsstücke, die beim Stehen gerade mal meinen Po bedeckten, während bei jedem leichten Bücken mein Slip sichtbar war. Diese musste ich jetzt über der Windel tragen. Da die Windel etwas voluminöser als ein Slip war,

142

war sie natürlich deutlich sichtbar. Besonders peinlich war mir das, wenn Günter zu Besuch kam – und in jener Woche kam er beinahe täglich vorbei! Er schien sich sehr an meinem Windelpopo zu weiden.

Nach einer Woche hatte ich aber diese Strafe verbüßt und brauchte keine Windel mehr zu tragen. Darüber war ich einerseits sehr erleichtert, aber andererseits hatte ich sie wegen der wohltuenden Wirkung auf mich sehr zu schätzen gelernt. Für die restliche Dauer meines Studiums habe ich zwar keine Windel mehr getragen, aber in den folgenden Jahren habe ich mir immer mal wieder eine Packung gekauft und sie mit einem kleinen Glücksgefühl getragen – das mache ich auch heute noch hin und wieder! Allerdings kochen dabei auch die Erinnerungen an die Folgen der Studentenparty wieder hoch, was mich selbst nach so vielen Jahren noch mit Scham erfüllt. Dennoch reizt es mich immer mal wieder, in Gegenwart einer anderen Person eine Windel zu tragen und sie benutzen zu dürfen – aber viele Männer mögen das offensichtlich nicht. Also trage ich sie nur, wenn ich alleine und in nostalgischer Laune bin. Nichtsdestotrotz bin ich aber eine saubere Frau!!!

Auf der Suche nach ‚Mister Right'

Mein Plan, während der Studienzeit meine Sexualität mit all ihren Facetten auszuleben und den ‚Mann fürs Leben' zu finden, hatte sich nur teilweise erfüllt. Zwar konnte ich mit meinem Vermieter und später auch dessen Freund Günter sowohl meine weibliche als auch meine devote Seite in vollen Zügen genießen, aber das basierte nicht auf einer Liebesbeziehung im herkömmlichen Sinne, sondern auf einem zweckmäßigen Arrangement. Die beiden Männer hatten etwas Ungewöhnliches geboten bekommen, während ich meine Neigungen ausleben konnte. Damit fehlte mir zwar immer noch die Liebe meines Lebens, aber es war dennoch eine sehr wichtige Phase in meinem Leben!

Dass sich während des Studiums keine Liebesbeziehung ergeben hatte, empfand ich mit zunehmendem zeitlichem Abstand immer mehr als Wermutstropfen! Allerdings zerstreuten sich die Kommilitonen nach erfolgreichem Abschluss in ganz Deutschland und dem deutschsprachigen Ausland - wer weiß, ob eine solche Beziehung gehalten hätte! Ich hatte zwar noch eine Zeitlang Kontakt zu einer Handvoll Personen, die mit mir das Studium begonnen hatten. Im Laufe eines Jahres nahm die Anzahl der ausgetauschten Nachrichten jedoch immer mehr ab, und im zweiten Jahr brach auch der Kontakt zum letzten Kommilitonen weg. Dafür fand ich in meiner Heimat eine gute Stelle. Ich suchte mir eine eigene Wohnung und versuchte mein Glück in verschiedenen Bars und Clubs. Meinen Exfreund Bernd habe ich dabei nicht getroffen, und auch sonst kannte ich nur wenige Leute von früher – und die dann auch nur vom Sehen. Ich selber wurde dagegen von niemandem erkannt, und wenn doch, dann hat sich keiner etwas anmerken lassen. Die Jahre des Studiums hatten mich wohl in Vergessenheit geraten lassen.

So vom unschönen Ballast der ersten Beziehung befreit, konnte ich in aller Ruhe die Suche nach meinem Traummann von vorne beginnen. Von zahlreichen Flirts und ein paar kurzen Treffen abgesehen, habe ich die große Liebe meines Lebens lange nicht gefunden.

Dann lernte ich durch Zufall jemanden beim Sport kennen. Wir kamen uns näher und verlebten eine wunderbare Zeit. Leider machte sich bereits nach kurzer Zeit seine Eifersucht bemerkbar, die sich grundlos immer weiter steigerte. Als ich es nicht mehr aushielt, zog ich die Notbremse und trennte mich von ihm. Zum Glück hatte ich meine Wohnung noch nicht aufgegeben, sodass ich einen Rückzugsort hatte. Von seiner Seite gab es daraufhin mehrere Anläufe der Entschuldigung, aber ich blieb hart – der Romantiker in mir war zutiefst verletzt worden!

Später dann machte sich bei meinen Eltern das Alter bemerkbar. Da ich ohnehin in der Gegend wohnte, übernahm ich mein Elternhaus und kümmerte mich um meine Eltern. Da sie sehr konservativ sind, habe ich mich bis heute nicht geoutet. Das hat leider den unangenehmen Nachteil, dass ich mich nicht offen auf die Suche machen kann. Wenn sich dennoch etwas ergeben sollte, bin ich wegen meiner Eltern nicht besuchbar. Diesen Umstand hatte ich seinerzeit nicht bedacht, wie ich gestehen muss. Damit bin ich aber wohl kein Einzelfall. denn so wie ich können viele der Männer keinen Besuch empfangen. Das war früher eine Bürde beim näheren Kennenlernen und ist es bis heute.

Nun ist mein Alter etwas vorangeschritten, sodass ich für viele alleine schon deshalb nicht mehr attraktiv bin. Dennoch habe ich die Hoffnung auf mein großes Glück noch nicht aufgegeben. Derzeit konzentriere ich meine Hoffnung auf das Internet, das ich diesbezüglich lange Zeit übersehen hatte. Hin und wieder gibt es dabei kleine Lichtblicke, aber bislang ist leider keiner von Dauer geblieben oder hat sich zu einer richtigen Beziehung entwickelt. Schade, aber ich gebe die Suche nicht auf...

Eine verrückte Sache

In meinem Leben habe ich immer irgendwelchen Sport betrieben. Nicht im Verein oder wettkampfmäßig, sondern nur für mich und meine Gesundheit. Dabei entwickelte sich gewöhnlich eine gewisse Regelmäßigkeit, sodass man beispielsweise recht oft die gleiche Strecke lief oder dasselbe Schwimmbad aufsuchte. Da auch andere Sportler ihren Rhythmus hatten, traf man häufig die gleichen Leute während des Trainings oder auf dem Parkplatz. Am Anfang grüßte man sich flüchtig, und im Laufe der Zeit wurden die Sätze länger. Manchmal entwickelten sich auch kurze Gespräche.

Letzte Woche war ich wieder mal Joggen. Wegen des Wetters war auf dem Parkplatz nichts los, nur ein Wagen stand bereits dort. Ich wusste nicht, wie der Fahrer hieß, aber er lief regelmäßig in dem Wald. Von daher kannten wir uns, und wir hatten bereits kurze Gespräche auf dem Parkplatz geführt.

An diesem Tag machte ich ein paar Aufwärmübungen und lief los. Das Wetter war ziemlich drückend, sodass schon nach kurzer Zeit der

Schweiß in Strömen an mir herablief. Es war sehr anstrengend, einfach kein Wetter zum Laufen!

Unterwegs begegnete ich dem Fahrer des anderen Wagens. Als er mich sah, lachte er: „Sieh an, noch ein Verrückter, der es nicht lassen kann!"

Ich lachte zurück.

Da wir die Laufrunde entgegengesetzt liefen, trafen wir uns nach einer halben Runde wieder.

„Kein gutes Wetter zum Laufen, oder?"

„Nein, wirklich nicht!"

Ich drehte noch eine Runde, aber dann wurde es mir zu viel. Also kehrte ich zum Parkplatz zurück und machte noch ein paar Gymnastik- übungen zum Abkühlen – zumindest in der Theo- rie, denn tatsächlich war bei der Wärme von Abkühlung keine Rede.

Kurz nach mir kam der Fahrer des anderen Wagens zurück. Da ich gerade mit Rumpfbeugen beschäftigt war, bemerkte ich ihn nicht sofort. Erst als ich mich wieder aufrichtete, sah ich ihn.

„Na, schon fertig mit dem Training oder hast du auch abgebrochen?", fragte ich jovial.

Er schien mich nicht verstanden zu haben, weshalb ich ein „Alles gut?" nachschob.

Jetzt schien er wieder in der Gegenwart angekommen zu sein.

„Ja, alles gut, keine Sorge", lachte er, „aber der ganze Körper ist klatschnass vom Schweiß."

„Ja, ich bin auch total nass. Die ganze Kleidung klebt an meinem Körper."

„Ja, bei mir auch – sogar die Unterhose fühlt sich klatschnass vor Schweiß an."

„Geht mir auch nicht anders", lachte ich.

„Du hast einen geilen Hintern", meinte er unvermittelt.

Ich schaute ihn perplex an.

„Ja", fuhr er rasch fort, „du hast gerade die Übung mit dem Rumpfbeugen gemacht und da hat deine Hose deinen Hintern sehr gut zur Geltung gebracht."

Ich war noch immer sprachlos, aber trotzdem war da das Gefühl, etwas sagen zu müssen. also murmelte ich ein verlegenes: „Dankeschön. Freut mich, dass er dir gefällt."

Erst als die Worte raus waren, bemerkte ich, was ich da gesagt hatte.

Ich musste wohl Rot geworden sein, denn er lachte freundlich: „Ich mag knackige Hintern wie deinen, obwohl ich eigentlich…"

Er brach mitten im Satz ab. Genau damit hatte er aber meine Neugier geweckt.

„Was – äh – was wolltest du sagen?"

Er blickte mich unsicher an.

„Du - wirst mich für verrückt halten."

„Vielleicht, vielleicht auch nicht – nun sag schon!"

„Ich mag – Dufthöschen."

„Dufthöschen?"

„Ja." Nun wurde sein Gesicht schamrot. „Unterhosen, von Männern getragen – möglichst stark verschwitzt."

„O-kayyy", lautete meine Reaktion.

„Kann ich dein Höschen bekommen? Bei der Wärme ist es bestimmt schön verschwitzt." Als er mein überraschtes Gesicht sah, hielt er es wohl für Entrüstung und schob rasch nach: „Ich bezahle dir das Höschen auch, denn du brauchst ja ein Neues!"

Sprachlos schaute ich ihn an. Auf die Idee, meine getragenen Slips zu verkaufen, wäre ich nie gekommen – und wurde gerade darauf angesprochen.

Mein Schweigen schien ihm Mut zu machen: „Ich gebe dir dreißig Euro!"

„Aber – mein Slip ist nicht gerade brandneu und ziemlich schlicht. So ein Höschen bekommst du überall für wenige Euro", wandte ich ein.

„Mir geht es weder um die Marke, noch um die Farbe, sondern lediglich um den Duft. Ich liebe den Geruch von Schweiß in Unterhosen."

„Naja", meinte ich gedehnt, „wenn es nur um den Schweißgeruch geht – davon dürfte genug in meinem Slip sein, so wie er an meinem Körper klebt."

„Also?"

„Was?"

„Dreißig Euro für dein Höschen?"

Die ganze Sache kam mir ziemlich verrückt vor, aber andererseits hatte ich gerade einige unvorhergesehene Kosten wegen meines Autos, weshalb ich zu meiner eigenen Überraschung einwilligte.

„Wie soll das denn jetzt ablaufen?", fragte ich.

„Du ziehst es einfach aus und ich gebe dir das Geld."

„Aber - äh - das – das geht doch nicht – ich meine, hier auf dem Parkplatz, da kann doch jederzeit jemand kommen!"

„Mach es im Auto oder da drüben hinter einem Busch, dann sieht man dich nicht von der Straße

– und im Wald ist auch keiner, sonst hätten wir beim Laufen jemanden getroffen."

Das leuchtete mir ein. Allerdings hatte ich noch einen Einwand.

„Es – es gibt da aber ein Problem."

Nun rechnete er wohl mit einem Rückzieher von mir, denn sein Gesicht zeigte Enttäuschung.

Also beeilte ich mich mit meinem Einwand: „Ich – ich trage ein Damenhöschen."

Erneut überzog Schamesröte mein Gesicht.

Zu meiner Überraschung lachte mein Gegenüber laut auf: „Das ist alles?"

Ich nickte verlegen.

„Überhaupt kein Problem", beruhigte er mich, „das macht die Sache noch reizvoller für mich!"

„Na gut, dann – dann – dann ziehe ich jetzt meinen Slip im Auto aus?"

„Prima", freute sich mein Laufbekannter, „dann hole ich das Geld."

Mit weichen Knien setzte ich mich auf die Beifahrerseite meines Autos und zog bei geöffneter Tür die Laufschuhe aus. Dann schloss ich die Tür und zog rasch Sporthose und Slip aus. Das ging auch noch recht gut, nur das Anziehen der Hose war etwas schwieriger. Aber auch das klappte irgendwie. Schnell öffnete ich wieder die Autotür und zog meine Schuhe an.

Der andere Läufer kam bereits zu mir rüber. Mit einem erwartungsvollen Lächeln hielt er mir tatsächlich dreißig Euro hin, weshalb ich ihm ziemlich verschämt meinen schweißgetränkten Slip reichte.

„Super! Danke!!!" Sofort presste er ihn sich ins Gesicht und sog meinen Schweiß- und Intimduft ein.

„Äh – ja, nichts zu danken", murmelte ich, „und danke für das Geld. Hoffentlich verfliegt der Duft nicht so schnell."

„So schnell geht das nicht, dafür ist dein Slip zu nass", lachte er, „Aber du kannst ja einen anderen Slip mit deinem Duft verfeinern, ihn in einen Gefrierbeutel stecken und diesen gut verschließen, zum Beispiel mit Heftklammern."

„Du meinst, ich soll noch ein anderes Höschen…?"

„Das wäre super! Am besten wäre es, wenn du es ein paar Tage am Stück tragen und in der Zeit viel schweißtreibenden Sport machen würdest."

„Ein paar Tage? ich soll den gleichen Slip mehrere Tage tragen? Da rieche ich doch!"

„Wenn du es am Wochenende machst, merkt es keiner – und ich zahle dir hundert Euro dafür!"

Ungläubig starrte ich ihn an: „Hundert Euro? Für meinen getragenen Slip? Wie lange soll ich denn den Slip anhaben, damit sich das für dich lohnt?"

„Wie wäre es mit folgendem Vorschlag: Du trägst ihn von Freitagmorgen bis Sonntagabend, und zwar Tag und Nacht. Mach tüchtig Sport, Gartenarbeit oder geh damit in die Sauna – Hauptsache, du tränkst ihn mit viel Schweiß. Naja, und wenn du pinkeln musst, brauchst du wegen mir deinen Penis nicht abzuwischen – ein paar Tropfen Urin können den Duft verfeinern."

Ich starrte ihn mit offenem Mund an.

„Du – du veralberst mich?"

„Nein – zum Beweis bekommst du die Hälfte von dem Geld sofort, die andere Hälfte bei Übergabe des Höschens. Treffpunkt wie immer am Sonntag hier - einverstanden?"

Er hielt mir seine Hand entgegen. Mechanisch ergriff ich sie. Damit war unsere Abmachung besiegelt.

Danach trennten wir uns. Zu Hause angekommen, kam mir die ganze Sache völlig absurd vor.

Ich beschloss, ihm am Sonntag seine Anzahlung zurückzugeben.

Am Freitagmorgen duschte ich nach dem Aufstehen, zog mir wie immer ein frisches Damenhöschen an und fuhr zur Arbeit. Während des ganzen Tages ging mir der verrückte Wunsch meines Lauffreundes nicht aus dem Kopf.

Als ich nach Hause kam, schaute ich routinemäßig auf den Kalender – es war erstaunlicherweise kein Termin eingetragen, also konnte ich das Wochenende nach meinem Gusto gestalten. Als erstes fuhr ich wieder zum Laufen in den Wald.

Der Höschenfreund war auch dort. Als wir uns begegneten fragte er mit einem Leuchten in den Augen: „Du machst es doch wirklich, oder?"

Ich nickte nur. Eigentlich wollte ich ihm ja seine Anzahlung zurückgeben, aber das Strahlen in seinen Augen hatte mich berührt. Ich beschloss, ihm den Wunsch tatsächlich zu erfüllen

Das gesamte Wochenende bewegte ich mich dann mehr als sonst – auf dem Trimmrad und beim Laufen im Wald. Nachts deckte ich meinen Unterleib gut zu, weshalb ich ordentlich schwitzte. Ich konnte geradezu spüren, wie mein Slip mehr und mehr roch. Vielleicht war das aber auch nur Einbildung.

Am Sonntag war ich zu meiner gewohnten Zeit auf dem Parkplatz und bereitete mich auf das Laufen vor. Den müffelnden Slip trug ich immer noch, hatte aber einen Gefrierbeutel und einen Hefter dabei.

Als ich meinem Lauffreund begegnete, lächelten wir uns verschwörerisch zu.

Nach dem Ende unseres Trainings zog ich mir rasch im Auto den Slip aus und verpackte ihn so luftdicht wie möglich. Er beobachtete mich dabei und freute sich wie ein kleines Kind.

Als ich wieder angezogen war, überreichte ich ihm das Dufthöschen.

„Ist auch ein bisschen Urin mit drinnen?", fragte er voller Freude.

Ich bejahte und raunte ihm zu: „Und nicht nur das - ich konnte mich nicht beherrschen und habe masturbiert – mein Lustsaft ist deshalb auch dabei."

Vor Freude fiel er mir um den Hals!

Da an diesem Tag im Wald etwas mehr los war und ich endlich duschen wollte, machte ich mich rasch los und verabschiedete mich schnell.

„Alles klar", lachte er, „und jetzt ab unter die Dusche mit dir!" Dabei gab er mir einen Klapps auf den Po.

Lachend trennten wir uns.

Daheim duschte ich ausgiebig und dachte über die ganze Sache nach. Je länger ich das tat, desto unglaublicher kam es mir vor, dass tatsächlich jemand meine getragenen Höschen haben wollte. Ebenso unglaublich war auch, dass ich den Wunsch erfüllt hatte. Was für eine verrückte Sache! Ob sie sich wiederholen würde? Ich glaube, ich wäre bereit, meinen Teil zu erfüllen. ☺

Ebenfalls von Rick Vilain erhältlich:

Gayliebter Sportsfreund

Homoerotische Liebesgeschichte

ISBN 978-3-7578-7890-0

Michael sucht Zweisamkeit

Eine Gay-Romance

ISBN 978-3-7693-24-34-1

Bücher befreundeter Autoren:

Thomas Frohsinn

Küssende Männerherzen
Homosexuelle Liebeslyrik
ISBN 978-3-7519-1481-9

Yvonne Satin

Ich öffne mich für dich
Erotische Gedichte
ISBN 978-3-7519-5476-1

Gerd Süßmann

Aus dem Leben eines Adult Babys

Ein Erwachsener mit Windel

ISBN 978-3-7519-2138-1

Wegen Inkontinenz zum Adult Baby

Vom Mann zum erwachsenen

Babymädchen

ISBN 978-3-7526-8366-0

I. DIGAS

Gleich und Gleich bestraft sich gerne

Spankinggeschichten F/F und M/M

ISBN 978-3-7543-14-73-9

Strenge Frauen und ihre Männer

Spankinggeschichten über

dominante Frauen

ISBN 978-3-7519-2154-1

Erziehe mich mit Strenge

Spankinggeschichten über

dominante Männer und ihre Frauen

ISBN 978-3-7519-5906-3

Andy Daring

Die dunkle Lust der Seele

BDSM-Geschichten und Essays

ISBN 978-3-7534-2138-4

Gerhard Devmann

Meine gesammelten Werke

Essays und Geschichten zum Thema BDSM

ISBN 978-3-7519-3589-0